盯到周邊讀樂山

叶孔建◎著

墨安题

經濟日報出版社

图书在版编目（CIP）数据

盯到周边读乐山／叶孔建著．--北京：经济日报出版社，2019.12

ISBN 978-7-5196-0631-2

Ⅰ．①盯… Ⅱ．①叶… Ⅲ．①随笔-作品集-中国-当代 Ⅳ．①I267.1

中国版本图书馆CIP数据核字（2019）第300167号

盯到周边读乐山

作　　者	叶孔建
责任编辑	陈礼滟
责任校对	李艳春
出版发行	经济日报出版社
地　　址	北京市西城区白纸坊东街2号A座综合楼710（邮政编码：100054）
电　　话	010-63567684（总编室）
	010-63584556　63567691（财经编辑部）
	010-63567687（企业与企业家史编辑部）
	010-63567683（经济与管理学术编辑部）
	010-63538621　63567692（发行部）
网　　址	www.edpbook.com.cn
E-mail	edpbook@sina.com
经　　销	全国新华书店
印　　刷	北京鑫瑞兴印刷有限公司
开　　本	880×1230毫米　1/32
印　　张	9.12
字　　数	140字
版　　次	2020年1月第一版
印　　次	2020年1月第一次印刷
书　　号	ISBN 978-7-5196-0631-2
定　　价	46.00元

文学的方志

——序吴景双先生《盯到周边读乐山》

刘诚龙

多年前去过四川乐山，拜见了乐山大佛，不曾见着景双老兄。佛远乎哉？佛当然远，远在四川；佛远乎哉？佛非常近：我见我，我见佛。吓，不怕佛打啊？不怕。我从来不怕佛，我历来只怕你。佛素不打人，喜欢打人的，是你。得罪得罪，得罪您了。我得罪您是真，得罪佛是假。我见着一次真佛，真佛面命一次我：你就是佛。

佛远不远，话题深邃，我乃俗人，更想问的是人远不远。人远乎哉？我欲见其人，斯人不来啊；我不欲见其人，其人天天在眼前转。我好想见景双兄的，跑了三千里，没见到。人远乎哉，我欲人，斯人已至矣。多年前，我在网上遇见景双兄，一见如故，称兄道弟。一定要见着人吗？古人有谓，见字如面；今人有幸，见群如面；古人今人，见心就可以，不用见着面。

十来年前，我曾介绍我友周玉柳兄到《领导科学》杂志去舞文弄墨，景双兄与玉柳兄由此相识，我们就在一个群里一起嗨，一起开玩笑。去年，玉柳去了四川，会了网友，见了真章，两人在那诗酒唱和。遍赏美景少一人，便打电话给我，煲电话粥，言笑晏晏，三人一阵好生闲谈。玉柳兄归来跟我说，景双兄蛮爽朗，蛮热情，我就以此认证，景双兄够哥们。

心都见着了，还要死要活，要去见甚面呢？武人之心，是刀；商人之心，是钱；文人之心，是字。之前更前，我在网上读过景双兄不少文字——真诚、灵动、活泼、调侃，时见妙论与机趣，我还引为同道的是，有那么一点点歪，有那么一点点坏，那是我最喜欢的。这回见着的文字，不是一鳞半爪，而是一体全爪，景双兄惠赐我共赏的是一本书。读未见书如得良友，见已读书如逢故人。人远乎哉？不远，斯人其书在面前，便是斯人在面前。

景双兄这书，写的是乐山风物，景双兄将其书，定位于乐山风物志，他雄伟理想，是给他故乡做传。风，是景双兄，也是我，蛮喜欢的一个词，《诗经》十五国风，风吹数千年，还在轻吹，暖风吹得游人醉；物，在这里，便是景吧，乐山是景，乐山景致是相当多的，相当漂亮的，乐山景来满眼春的；风物连说，按景双兄其说，指的是风俗和习俗，又指物景和物品，又指大气候，又指土特产；传，景双兄也有别致理解，一个是传记，类似于历史材料；一个是传说，从古到今口传下来的种种故事，传记也罢，传说也罢，都是我们的心灵文化史，或者说是我们的生命成长史。

这本书，我们首先见着的是心灵，然后见着的是文化。心灵是，景双兄的家国情怀。乐山是景双兄的故乡，热爱故乡，是每个人最沉潜最柔软的深情。景双兄写这本书，便是带情操作，感人心者，莫先乎情，有情灌注其中，文字便如火苗，可以点燃读者之心，带情文字最能温暖人心。文化是，景双兄的史料储备。按景双兄的说法是：显为人知的故事，鲜为人知的解读；鲜为人知的故事，显为人知的解读。通读是书，里头有好多历史故事，莫说我们这些远道游人，即使他的故乡人，也是很难见的。景双兄如书虫，钻进历史堆里，钻进文化卷册，下足了爬罗剔抉功夫，让我们读来，好生新鲜，好生惊讶，好生趣味，将罕见的典故挖掘出来，为其书之引人入胜，提供了足够的阅读保证。

鲜为人知的故事，已让我们惊奇，而我更感兴趣的是，鲜为人知的解读。解读，最见一个人的才情与见识。无才情，不足以行文，无见识，不必来作文。故事再怎么鲜为人知，你来或不来，故事都摆在世界上；见识不一样，那是世界上独一无二的存在，只有你有，世界没有，将世界没有的东西，呈现到世界上来，这是作家对世界的特别贡献。历史写作，不可贡献史实，却可贡献见识。

景双兄做乐山风物志，是给乐山来做地方志。“治天下者以史为鉴，治郡国者以志为鉴。”正是所谓：“做史贵知其意，非同于掌故，仅求事文之末。”鉴，便是“知其意”，是景双兄一大价值取向，景双兄在书中，是隐含着其“资治通鉴”雄心的，然则，在我，鉴，太严肃了。方志而鉴，是一门科学，他有着规定动作，有一套特别体系，显然，景双兴趣在此，不尽在此，尤在于文学也。他给家乡做方志，是要以文学来做志，故而，做志的规定动作有一些，更多的是自选动作。余以为，景双兄这本书里，最大的自选动作是纵横谈。

景双兄纵横谈是什么呢？清朝方志大家章学诚曾说："读书养气之功，博古通经之要，亲师近友之益，取材求助之方。"纵，是博古通经之要；横，是取材求助之方。一者，因为有历史材料作底，所以他谈起来有内容，有内涵，因为要谈，而不是叙一个历史典故了事，所以他取材求诸他方，把其他材料一股脑儿汇在一起侃大山，按四川话来说，是摆龙门阵。二者，乐山是其第一故乡，然则，他有好几个第二故乡，川外的云南是他"第二故乡"、川内的凉山也是他"第二故乡"，去过而且待过的故乡若是多，谈起故乡来，便因此有比较，便因此有鉴别，便因此可纵可横了。其谈，便谈得深，便谈得宽，他便谈得上瘾，他便谈得过瘾。景双兄其纵横谈，还真有点纵横之士，居讲台上，眉飞色舞做评弹模样。

让景双兄谈吧，我们听。谈得好，我们多听，谈得不好，我们少听。好不好，先听他谈一谈哒。

楔子：打望一眼是故乡

想用一种明白晓畅、人人爱上的方式来表达乐山已经很久了，大概是20世纪80年代的时候，读到贾平凹的商州系列，读到沈从文笔下的凤凰古城，读到苏联作家米哈依尔·亚历山大罗维奇·肖洛霍夫《静静的顿河》……

后来，川外的云南成了“第二故乡”、川内的凉山成了“第二故乡”，看到、听到甚至道听途说了许许多多国内国外有关故乡的描写、表达，作为土生土长的乐山人慢慢地对乐山有更多的认识，写点什么的愿望日益增长起来。

可是，每个人都有自己的原乡，走不出去又一再揪结。所以，很少有人能够把自己生活过的地方，特别是还在那里生活的地方表达得清清楚楚、明明白白。尤其是在面对外人（来访者、游客）的时候，想把两三千年甚至更长的历史典故、风土人情……用几分钟、几个小时说清楚，那得要多少年的积累和修炼啊！

2018年11月13日清晨，排除内急的时候，脑子里突然冒出5个字来——乐山风物传。心里突然明白，我似乎找到解读故乡的密码了！用一种全新的方式，而不是之前任何惯常的方式。排除内急之后，又想起了一句话或者说是两句话：

显为人知的故事，鲜为人知的解读；

鲜为人知的故事，显为人知的解读。

想起这句话的时候，不是玩文字游戏，而是想说明一个从来就没有想过或者是说过的话题。用一种好懂的方式，来告诉初来乍到的人们，一个地方有哪些好吃的、好玩的，顺带涨“姿势”。既可以提前做功课，又可以马上补课。毕竟，“旅游就是从自己活腻了的地方，跑到别人活腻了的地方”。腻歪一下，体验一下，拥挤一下，又回到自己待惯了、待腻了的地方。尝鲜！这是最好不过的体验。

“风”，最早是指不同地区的地方音乐，如《诗经》里的十五国风，与“雅”——周朝直辖地区的音乐、“颂”——宗庙祭祀的舞曲歌词摆在一起，明显高出半个头来。“风”，表现的是地方文化、地方山水、地方的人情世故。用“风”来定义一个地方的特性，是比较精确的。

“物”，是一种肯定的存在。但是，任何一种“物”，也会因为时代的不同，在存在上、理解方式上、习惯上有一些差异。人们对“旧物”的眷恋和对新生事物的追求一样，都需要不菲的投入。全球共享时代，人们将更多地、更大量地、更广泛地以旅行的方式获得快乐，顺带把学习、思考、增长见识、提高能力、壮大本事……一类的事情做了。这是因为，互联网已经开始进入下半场，5G 的大幕已经揭开，人工智能、区块链、大数据、云计算……已经开了一个头儿，或者是已经见到了一些影子。人们，更多的人有了闲暇，可以到处周游了。

“传”呢？一个是传记，类似于历史材料；一个是传说，从古到今流传下来的种种说法和故事，你可以认为不存在，但是，放在历史文化情境中，又与传记一样，具有史料的作用。它表现的是另一种历史——人类的心灵文化史或者是成长史。人在神话自己的时候，顺带神话了自然，神话了世间的一切物。每个人的心目中，都有自己神圣的仪式，投放在哪儿呢？投放到他接触到的、想象到的事物中。马克思说：“神话是人类童年时代的产物。”其实，人类成年时代的想象更有价值，也更有意义。幻想会改变一切人，也会改变一切物。所以，会呈现大量的传说，构建起特殊的想象与体验。

“风物”连说，特指风俗和习俗，又指风景和物品，又指大气候——社会环境、社会风气，一个人看待事物的态度——风物长宜放眼量，又指地方的土特产……也就是可以尽可能地放大了看，把世间的一切人、一切事、一切物都纳入到风物传中，绝对不是一锅煮，是通过海量的信息，形成宽阔的视野。有了风物传，就有了科学的认知与判断。这就是风物传的价值、魅力，抗拒不住，阻挡不了，何不尽情消费呢？

历史上，有人写过《风物志》。“志”，通常比较严肃，只能“记”，不能想、不能思，“传”的历史与“志”比起来，更悠久。司马迁《史记》中的“传”，为后世提供了很好的范例和蓝本。史书中有许多的传，但是很少拿来写风物。顺道上了一下网，史上写各种风物传说的不少，真正以风物传成书的，至少到目前为止，找遍网络都不见。出书不易，这大概就是《盯到周边读乐山》的诱惑吧！是否有需求？真还不一定。

为什么叫“盯到周边”而不是其他呢？就是以乐山为基点，放大了看，放到云、贵、川、重庆看，放到中国乃至世界看，这样会有宏大的视野，会有新的认识、新的体会、新的感受，当然，也会有新的发现。

写《盯到周边读乐山》的时候，同时生出了更多的想法，比如吃喝乐山、中外人物与乐山旅游、目前乐山管辖的11个区市县的历史、人文、旅游……都是可以单独成书的，甚至单独成为几本、几十本书的。有《盯到周边读乐山》这个开头，就有无数的后续，有没有读者，有多少读者，都会努力写，并从中得到乐趣，让每一天都充实起来。

“龙门阵大家摆”，这句话来源于川戏里的《张古董借妻》，后半句是“东西各吃各”。黄梅戏也有《张古董借妻》，那是另外一种桥段。说不准与乐山真的还有渊源！据说，川剧的鼻祖就是“峨眉堂灯”，现在已经是四川省的非物质文化遗产。当然，风物传本身也是，而且应该是、必须是非物质文化遗产。

写，爱写，目标和情愫简单得很，就是让任何人看，而且不需要任何的工具书、注释就能看得懂、看得明白、看得上瘾、看得过瘾。想找一个说法把乐山几千年的各种历史、故事、传说整合起来，实在是太难了！

当今这个时代，是确认过眼神的时代。标题不带档，阅读都不响。响，就是哪怕瞟过一眼之后，感兴趣了，顺带多看了几眼，找到了一些兴趣和源头，从此深入下去，有了新的收获和见解，自成体系、偶然一家了！

2019 年 7 月 13 日改定于乐山

目录

第一章

鳖灵，『开明故治』不是鳖灵故治，这点常识应该要有

鳖灵，是荆人？楚人？鳖邑人？祖先是吴太伯？『开明故治』应该从鳖灵讲起，还是从建立开明王朝讲起？

今天乐山人介绍乐山历史，常说：“开明故治”。何谓“开明”？何谓“故治”？究竟从何而来？起于何代？根本不给您解释，或者是解释不清，说不出多少个名堂，也就整不醒豁（方言：明白，清楚）。整不醒豁，也就说不清楚。说不清楚，肯定觉得没趣。

为了有趣，就来一起整清楚。

开明王朝，是古蜀国最后一个王朝，建立时间在公元前666年前后，灭亡的时间是公元前316年。开明王朝建立的时间，距今2800年左右。说长不长，说短不短。很多记载都没得了，有的只是推测、论证，还不一定靠谱。

怎么办呢？“凉拌”，肯定不行。以今天的乐山为基点，放眼四川、重庆、云南、贵州、湖北、陕西乃至神州大地一圈之后，许多模糊的情景逐渐变得清晰起来，终于可以把一些过去没有说的说出来，把说了但是没有说清楚的说清楚。

开明王朝，从前到后经历了300多年，前前后后一共有

12帝（王）：从帝鳖灵、卢帝万通（又叫成帝）、保子帝芦保（又叫褒子帝）、青帝胡、赤帝又叫别帝、黄帝、白帝、黑帝、圣帝、尚王、后王、末王（又叫芦子霸王）。

前面9任都是“帝”，到最后3任只能称“王”了！这是为什么？一代不如一代？是，也不是，不全是。因为圣帝以后，隔壁的关中和楚国强大了，开明王朝就是保持当年最强盛的样子，也未必就能抗得住。

“故治”与“治今”，是志——文字记录，或者史——文书记录，为了省字儿，常用的词语。古人啊！不是在电脑上打字儿，也不是在纸上写字儿，而是在龟甲、骨头、石头、竹片上刻字儿，用绳子拴疙瘩记事儿。多一个字，少一个字，都是要命的。后来有了笔墨纸张，一笔一画地写字儿，也是很费劲的。现在，电脑上打惯了字的人，写起字来，手都是僵的，何况是用石头或者是不怎么锋利的刃、刀。经常用笔写字的人，指头上也有老茧。一天抄几万字，肯定受不了，屁股都要坐烂。

“故治”，就是原来的管辖范围或者是行政中心所在地；“治今”，就是今天的管辖范围或者是行政中心所在地。

“治地”，就是管辖范围；“治所”，就是行政中心所在地。

所有人都知道，行政中心就是最高行政长官（头儿们）和大大小小的官们、吏们办公的地方。有了当官的在那儿办公，就出现了各种各样的“都”“邑”“城”“郭”“池”……

“都”是那个时候各种“帝”们办公的地方。

“邑”是各种“王”们、“侯”们、“爵”们、“伯”们、“子”们办公的地方。

“城”是人们居住比较集中的地方，类似于我们今天说的城市。

“都”“邑”所在地可以叫“城”，屯兵驻兵、经商做生意等人们居住集中的地方、形成集市的地方，也可以叫“城”。“城”的大小，在那个时代就与行政级别有很大的关系。

《周礼·考工记》就把各种“王”们、“侯”们、“爵”们、“伯”们、“子”们所在的城分为三级：第一级是王；第二级是诸侯；第三级是宗室和卿大夫。

既然有级别，当然也就有规定。什么规定呢？就是女儿墙的高度，“王”们不能超过“帝”们，“侯”们不能超过“王”们，宗室和各种大官们不能超过“侯”们。

《周礼》，主要记载先秦时期社会政治、经济、文化、风俗、礼法等制度，是儒家经典，“十三经”之一。作者与成书年代，迄今争议纷纭，并无定论。世传周公旦著，实际成书是两汉之间，是西汉景帝、武帝之际，河间献王刘德从民间征得的先秦古籍。

《周礼》与《仪礼》《礼记》合称“三礼”，是古代华夏民族礼乐文化的理论形态，对礼法、礼义作了最权威的记载和解释，对历代礼制的影响最为深远。经学大师郑玄为《周礼》作注。由于郑玄的崇高学术声望，《周礼》一跃成为《三礼》之首，儒家的煌煌大典之一。

“十三经”分别是：《诗经》《尚书》《周礼》《仪礼》《礼记》《易经》《左传》《公羊传》《穀梁传》《论语》《尔雅》《孝经》《孟子》。汉代是“五经”：《诗》《书》《易》《礼》《春秋》；唐代加《周礼》《仪礼》《公羊》《谷梁》，成为“九经”；836—840 年（唐开成年间），又增加《孝经》《论语》《尔雅》，成为“十二经”；南宋时期，又增加了《孟子》，变成了“十三经”。

当下，除了一些古城，新城都是没有城墙的。这儿需要说明一下，城墙是冷兵器时代的军事设施，通常包括墙体、女儿墙、垛口、城楼、角楼、城门、瓮城等等。对女儿墙，有两种说法：一种是城墙上呈凹凸的小墙，长城就是最好的例子，许多古城墙基本上都是长城的样子；另一种是屋顶外围的矮墙。限制级别的女儿墙，就是城墙角楼屋顶外围的矮墙。

郑华 画

为什么用女儿墙的高度而不是别的什么来体现级别？核心的两个字，就是：“军事”。能够说三遍的，也是：“军事”。

“郭”，就是城最外面的墙。为了好懂，弯儿绕得再多一点，“城”是内城的墙，“郭”是外城的墙。听不明白，就说得再仔细一点。最早的城和现在的城不一样，为了战争防御的需要，需要修建城墙、堑壕、护城河之类的，就像今天城市建设离不开消防设施、人防工程之类的东西一样。

城的建设，通常以行政中心、交易市场等的所在地、集中区为基点，逐渐向四周扩展。就像今天每拓一次城，都要弄出一条环路一样。每扩一次城，都要新修一圈儿城墙。最早的城墙，仍旧保存在那儿。慢慢地，大的城就形成了几个圈层。无论多少圈层，始终都有一道城墙被叫作外城墙。这样一来，就很好秒懂了，“郭”就是城的第一道，或者是第二道防线。

外城墙在冷兵器时代，那是最重要的防御工事。有水的地方，还要在城外挖一条壕沟，并把壕沟随时随地都灌满水。这条壕沟，就叫“池”。当然，大得像河一样的，就叫“护城河”。有了“池”或者是“河”，防御起来就更加易守难攻。把城建在水边，更是因为这个原因。不是为了吃水方便，而是考虑到防御的特殊性。

把部队长期驻扎在那儿，叫驻军，对城市建设的发展与带动，不亚于行政中心。一些沿袭千年的寨、营、所……这些历朝历代都有驻军的地方，现在一般都有城市或者是大的集市在那儿。因为人的聚集，总会形成一些信息流、经济流……有了信息流、经济流……那个地方自然也就开始发展起来了。只是发展的速度快慢不同而已，规模大小不同而已！

回到“开明故治”上来，西方有城堡，东方有城墙。万里长城，其实就是一道城墙。后面说到开明王朝的建立者鳖灵，甚至之前的杜宇王朝，就已经把峨眉山作为“郭”，也就是把峨眉山当外城墙。

“才来、情来、意来”的李白，就是唐朝那个大诗人李白，让贵妃磨墨、高力士脱靴的李白，曾说“尔来四万八千岁，不与秦塞通人烟”，就有这个意思？四川盆地四周被各种各样的大山、高山、河流阻断了，形成了天然的屏障，也就是天然的城墙、天然的护城河。

看到这里，“开明故治”这四个字，秒懂了吧？所以，看书不要嫌哆嗦，适当的哆嗦是必不可少的。哆嗦是为了让您明白，让您懂。与浪费您的时间，把您往坑儿里带，是两回事，完全不同的两回事。

“故治”懂了，鳖灵这两个字还不懂？那好，看好啰，接着为您解读。读史书，看志书，往往会把您的脑壳整成浆糊。明白的人都容易搞懵；懵的人，就会更懵。听故事不会，听故事会让您觉得非常有趣，跟着一个又一个的悬念追下去，直到追得清清楚楚、明明白白为止。

人们对有头有脸的人物、有点名气和影响力的人物，总觉得他们与常人不一样，特别是大大小小的统治者们，在争做统治者和做统治者的路上，都喜欢把自己搞得独一无二，天上有，地下无，显得自己一开始就与普通人不一样，总是有一些天赋异禀或者是超自然力。一句话，就是要神乎其神。似乎只有这样，才能让人佩服，以极小的代价赢得人心，巩固统治地位。

就拿鳖灵来说吧，扬雄的《蜀王本纪》把他吹得要多神有多神！《蜀王本纪》说：鳖灵这家伙本来是长江中下游（荆楚）的人，一不小心掉到水里，淹死了，尸体漂（浮）起来的时候，有人说是打捞的时候，没有顺着水往下游漂，而是往上游漂，漂啊漂，一直漂到古蜀国杜宇王朝的行政中心——今天成都市的郫都区那一带，刚打捞起来，又活了。

还有猜测说，鳖灵会巫术。约莫那时，估计赶尸已经在这一带流行，鳖灵借此完成了最为完美的华丽转身。

赶尸，起源于蚩尤时代。

蚩尤，是上古时代九黎氏族部落联盟的首领，在位期间，开垦农田，定居中原，奠定了华夏民族的根基。从历史上的各种记载和推测看，鳖灵的祖先似乎与蚩尤，也就是九黎氏有血缘关系。

蚩尤率兵在黄河边先是与炎帝，后来是与炎帝和黄帝联合起来的军队，也就是盟军对阵厮杀。每次打完仗，蚩尤都要命令军师把战死的弟兄送回故里。军师装扮成蚩尤的模样，站在尸首中间默念咒语、祷告神灵后，原本躺在地上的尸体就全都站了起来，跟在军师高擎的“符节”后面，规规矩矩向南走。

追兵来了，蚩尤和军师连手作法引来“五更大雾”，把敌人困在迷魂阵里……由于“雾”的笔画太多，“巫”的读音又相近，就把“雾”改成了“巫”。

“巫”字也是象形字：上面一横代表天或者雾，下面一横代表地，中间的一竖表示“符节”，竖的两边各有一个人字，右边那个代表蚩尤，左边那个代表军师。

“巫”的意思，就是要两个人联合起来才行。现在能找到的记述，就是法师在前，尸体在后。后面这个尸体，有说是机械拖的，有说是由活人负责背的。无论是背的，还是拖的，要几天、几十天不腐烂，都有一些防腐的措施、技能在里面。

最早的赶尸是走水路，不需要“赶”。鳖灵假托的，可能就是这种水路的赶尸术。总之，有一具尸体被打捞上来，又活了。说自己是荆人，从楚地来的，落水之后就啥都不知道了，直到现在才醒来。这是多么完美的一个故事，多么神奇的一件事情。

杜宇（望帝）听说了这件怪事，就叫人把鳖灵叫来见了。不只是见了，还与鳖灵谈得很投机。复习一下古文，“其尸亡去，荆人求之不得。鳖灵尸随江水上至郫，遂活，与望帝相见。”接下来的事，留到后面再讲。与吊胃口无关，与叙事的清晰有关。

一个人淹死了，还往上游漂，漂到了，又活了。可能吗？不可能。但是，在那个信息极端闭塞的时代，百分之九十甚至百分之九十九的人、百分之九十九点几的人都不识字的时代，不但一切都有可能，而且完全可能。不管您信不信，反正那个时候是信了。至少到后世的时候，把故事编圆了。

乐山作家罗家祥说犍为郡的时候说：“鳖灵也许就是鳖令”。鳖令是夜郎，今天贵州遵义那个地方一个县的头头。

靠谱吗？“县”作为行政区划，始于春秋，秦始皇大一统之后，推行郡县制，是县制正式设置的开端。

最早创建“县”制的，是楚国。公元前6世纪中期，楚国一而再、再而三地攻打陈国，“屡次攻陈”，陈国的诸侯是虞舜的后代。楚国占领了鼎鼎大名的虞舜后裔的土地，有些为难。周天子的王畿，不是叫“县”吗？楚国就在陈国土地上建立了“县”制。但是，没有推广开来。

公元前544年（晋平公14年）三月癸未，晋平公的母亲悼夫人请为杞国筑城的役卒吃饭，“晋悼夫人食舆人之城杞者”。其中，有一个绛县人，可能是所有人中年龄最大的，“绛县人或年长矣”，也去吃饭，“而往与于食”。

有人怀疑他的年龄，“有与疑年”，问他的年龄，“使之年”。那个人说：“自己生的那一年，是正月初一甲子日，已经过了四百四十五个甲子日了，最末一个甲子日到今天正好是二十天。”“臣生之岁，正月甲子朔，四百有四十五甲子矣，其季于今三之一也。”

事业编的人（吏）不知道这个人的年龄有多大，就回朝廷去问，“吏走问诸朝”。师旷说：“这是鲁国的叔仲惠伯在承匡会见郤成子的那一年，满七十三岁了”。“鲁叔仲惠伯会郤成子于承匡之岁也，七十三年矣”。士文伯说：“是二万六千六百六十天了。”“然则二万六千六百有六旬也”。

从此对年过古稀、长寿高龄的人，常用“绛老”两个字来褒奖。过了 3 年，晋平公认为“绛”这个地方出长寿老人，太可贵了，就将“绛”取名“绛县”。这是晋国设置的第一个“县”。也是历史喜剧产生的天下第一县。

郑华 画

春秋时期，“县”最初设置在边疆，秦、晋等诸侯大国把新兼并的地方设置成县。到了春秋后期，各诸侯国才把县制推广到内地，渐渐地在边疆设郡，郡的面积比县大，但是地广人稀，所以地位比县要低。

战国时期，边疆逐渐繁荣起来，才在郡下设县，逐渐产生郡、县两级制。秦始皇统一六国建立大一统的秦朝，确立郡、县二级制，郡下设县。

“县”出自公元前6世纪中期，楚国。乐山作家罗家祥“鳖灵也许就是鳖令”的推测沾上“公元前6世纪中期”这个时间段，沾上“楚国”这个名字，真的就有些说不明，道不白。

从《史记》等的记载看，夜郎早前是濮人的地盘。这个地盘有多大呢？江汉流域以西，也就是长江、汉江边上云南、贵州、四川、陕西、湖北、湖南、河南的地盘。

如今西南地区，主要是重庆南部、四川南部、贵州、云南等地部分汉族以及彝族、哈尼族、白族、土家族、布朗族、普米族、纳西族、拉祜族、氐族、羌族、傈僳族……被认为跟古濮人有关系。而且，不是点吧点、个吧个（方言：很少）的关系。

《尚书·牧誓》记载：濮人参加了周武王牧野誓师，讨伐商纣王。《国语·郑语》：“楚蚡冒始启濮。”《史记·楚世家》：“（楚武王）于是始开濮地面有之。”“建宁郡南有濮夷，濮夷无君长总统，各以邑落自聚，故称百濮。”

孔安国《传》：濮在江汉之南。张守节《史记正义》：濮在楚西南。张守节曾经给司马迁的著作《史记》作注，书名就叫《史记正义》。

“濮”就是“卜”，“濮”“卜”古代是通用的。春秋战国时的濮人，主要居住于楚国西南部，这是因为，春秋战国时，受到楚国挤压的濮人开始溯长江而上，定居在今天重庆南部、四川南部、贵州、云南等地。《左传·文公十六年》：“麇人率百濮聚於选，将伐楚。”

鳖灵力争出道的时代，尽管还没有毛遂自荐这类事，但是，从后来的传说或者是记载看，各个氏族的首领们，在谋求扩张的过程中，在共同对抗自然灾害中，已经懂得了团结一切可以团结的力量，联姻、结盟等等之类的重要性。

自己给自己编一个故事，造一个神话，似乎早已习以为常。《史记》里面就有不少这样的记述。陈胜吴广起义的时候，就用丹砂在绸子上写下楚国要复兴了，陈胜是王，“大楚兴，陈胜王”，放在别人捕的鱼肚子里，让士兵买回来，从鱼肚皮里剖出来一看，这是天意啊！后来，刘邦也弄了一个白帝子（白蛇）被赤帝子（刘邦）杀了的神话。

现在，稍微读过一点书的人都知道，扬雄是西汉那个年代很牛的一个人。扬雄不只是文章写得溜溜顺，牛皮吹得也挺大，大到撑破天。特别是发展以老子为代表的道家学派，扬雄更是居功至伟，到了穷尽一切可能的地步。

老子这人多牛啊，不仅天生聪明，后天的学问也大。启蒙的时候，自己的悟性很高；求学的时候，教他的老师很牛，进的也是最高学府，“入太学”；学习的时候，又是天文、地理、人伦都学遍了，《诗》《书》《易》《历》《礼》《乐》都读通了、读透了，文物、典章、史书都有过丰富的实践。毕业了，第一份工作又在守藏室。

《诗》是《诗经》，《书》是《尚书》，《易》是《周易》，《礼》是《仪礼》，《乐》是《乐经》。《历》是什么？没有介绍。从字义上来理解，有可能是历书，也就是史官按日记载朝政事务的册子，是史官纂修国史的依据。甲骨文中的一页甲骨历证明：商朝的历法已经具有相当的水平。

守藏室是周代收藏典籍的地方，这里把天下的文章都收集起来了，把天下的书也收集起来了，汗牛充栋，啥都有。老子在这儿，如蛟龙游入大海，海阔凭龙跃；如雄鹰展翅蓝天，天高任鸟飞。如饥似渴，博览泛观，渐臻佳境，找到礼乐的源头，“通礼乐之源”，懂得了道德的用意，“明道德之旨”。3 年后，又迁任守藏室史，名闻遐迩，声播海内，不但红了，而且红得发紫。

得了老子皮毛的扬雄，不能，也不可能像皇帝那样金口玉牙，但是，讲故事的能力和实力，还是有的。更何况，扬雄还有出生地、生长地这么一个优势。也许，扬雄到长安之前，真的听了一些传说，拾了一些牙慧。

所以，既然扬雄都说了，鳖灵是这么来的，后来的《华阳国志·序志》《后汉书·张衡传》当然也就跟着这么说，荆人鳖灵死了，“荆人鳖灵死”，尸体呢？突然掉转了方向，往西，就是往上游漂了，“尸化西上”，后来当了古蜀国的皇帝，“后为蜀帝。”

张衡什么时候说过：“鳖令殪而尸亡兮，取蜀禅而引世”呢？在《思玄赋》中。赋是一种侧重于写景，借景抒情的文体，讲究文采、韵律，兼具诗歌和散文的性质，类似于现在的散文诗。所以，后人在理解这段话的时候，认可的出处，还是扬雄的《蜀王本纪》。

扬雄百年之后，汉代李膺的《蜀志》在表述上有一些变化。到了晋代的张华，编《禽经》引用的就是李膺的，而不是扬雄的。到了宋代，李昉编《太平广记》，引用的又是王隐的《蜀记》里的。李膺、张华、李昉、王隐的考证和记述，可能会去掉一些神话的成分，让鳖灵的身世和来源日渐接近准确。

扬雄挖下的关于鳖灵身世的神乎其神的坑，以及后人的迷糊与猜测，能不能澄清呢？能。《乙亥鼎螸》的铭文中，有一个“井”字，《金文编》的解释是“井方”。“井”，就是有地下水流出来的地方，《康熙字典》：“穴地出水曰井”，或者是人工挖出来的水井。“方”，有一种解释，就是用竹木编成的筏子，竹筏或者是木筏。

《诗·邶风·谷风》：“就其深矣，方之舟之。”高亨的解释，“方之”，就是用竹筏或者是木筏过河，“方，以筏渡”；“舟之”，就是用船过河，“舟，以船渡”。筏子不说，那个时候的船，都是小船儿，河大了，河宽了，河水深了，河水急了，就要两个以上的筏子或者是船并在一起，这样才能经得起风浪，不容易倾覆。

今天翻《说文解字》等一类的词书，对“方”的解释，也是：象形字，把下面的舟字省掉了，“下从舟省”，而上面呢？是一个“并”字，“上有竝头之象”。“竝”字是一个通假字，与“并”字相同，现在已经不常用了。

从两条并行的船或者是筏子，想到人的出生。这个弯儿绕得大不大？不大。这个弯儿绕得远不远？不远。老实说，今天一说到“井”，大家就想到水井，想到“井底之蛙”，没有想到并行的船儿或者是筏子。

更想不到，仓颉他老人家一开始，就没有创造发明那么多的字，一个字要表达许多种意思，许多种意思只能使用同一个字。这不，一个“方”字到《康熙字典》的时候，光注释就有近百个，1360 多个字。

再回到“井”，《说文解字》：“八家为一井。”周代实行过井田制，以方圆九百亩为一里，划分为九区，样子像“井”字，就叫“井田制”。《谷梁传·宣公十五年》：“古者三百步为里，名曰井田。井田者，九百亩。”范宁注：“八家共一井，八百亩。余二十亩，家各二亩半，为庐舍。”所以，“井”，又有人们耕种、饲养牲畜、居住、生活的意思在里面。

说鳖灵“化从井中出”，可以理解为在船上或者是筏子上出生的，或者是在类似船或者是筏子上救起来的，或者是为了达到让杜宇赏识的目的，把自己伪装起来的。

还是回到“井”字、“荆”字上来。《金文编》说，“荆”字最初的写法就是“井”，像灌木丛生的样子，加上草头就变成了“荆”字。代表“荆”字这个“井”字，后来被井水的“井”字抢去用了。

井的本义是井水，从古到今，“近河者取用河水，远河者打井取水”。井的起源与掘井技术的发明有密切的关系。《吕氏春秋·勿躬篇》：“伯益作井”。伯益就是文字记载的最早的凿井人，也就是第一人。传说伯益是尧的大臣。唐代徐坚《初学记》卷七有：“伯益作井，亦云黄帝见万物，始穿井”。

“井”字最古老的写法是甲骨文。甲骨文中，有“井”字和“井方”的记载。当时的“井”是一个氏族和一个方国。郭沫若曾考证说“井”的氏族在陕西省大散关一带。西周时期，“井”族是一个大家族，很有势力，并在王室中担任重要的职务，位于三公。

甲骨文中，“方执井方”。“方”也是一个小国，在商朝都城殷的北部。当时，商王有两个很有本事的妻子，一个是妇好，再一个就是妇井。妇井是井族的女子，也可能是井方首领的女儿，通过联姻或进献的方式成为商王的妻子。妇井常常参加一些征伐大事，在甲骨文中商王经常卜问妇井的情况，如健康、疾病、生育等等。井方也倍受商王的关注。

孟世凯说：“与井方活动有关的氏族、方国都是在商之北或西北部”。井方与这些氏族、方国为邻或相近，也应是在商的北部。

1978年，河北元氏出土的西周墓中“臣谏簋”铭文证明周初封的井侯，其地就在今天河北邢台，“周去商未远”“故甲骨文中的井方地望有可能就在今天的河北南部，包括邢台市在内的一带地区。”

自从发明“井”后，这里的人就以“井”为地名，并把“井”字为祖徽和图腾。再后来，成了邑，用土筑城，“井”“邑”“土”合在一起，就成了战国时期的“邢”字，一直沿用至今。

商周的文字中，“邢”字写作“井”。不过，这个“井方国”是迁过去的，什么时候迁过去的呢？《史记》说：“祖乙迁于邢。”祖乙之前在哪儿呢？没有说。

不过，《竹书纪年》说了。怎么说的呢？公元前7世纪以前（夏帝孮21年），商朝的军队征今天河南境内的有洛（古国名），“克之”，胜利了，“遂伐荆”，接着去攻打荆人，“荆降”，荆人投降。从这儿似乎可以找到鳖灵的族系了。

《竹书纪年》，又叫《汲冢纪年》《古文纪年》（秦以前文字），是春秋时期晋国史官和战国时期魏国史官所做的一部编年体通史。

现存《竹书纪年》分为“古本”和“今本”两个体系。“古本”是辑佚本，纪事时间起于夏代，终于公元前299年，无规整的体例。“今本”纪事起于黄帝，终于公元前296（魏襄王二十年），有较为完整的体例。

从成书时间看，《竹书纪年》要比《史记》早几百年，又是诸侯国编的，类似今天的地方志，记载应该比较详一些，更能追溯，直至查证。

鳖灵的祖先应该是荆人，李膺《蜀志》也说鳖灵是“荆人”。夏代，大禹分全国为九州，荆州就是其中之一。有人说，因为居住在这儿的人采黄荆编织，所以，就叫“荆人”。蜀王开明墓出土的“开明”，“开”字像陕北的窑洞门，与荆条门有关，大概是荆人用黄荆条儿做门，就像四川农村今天还有很多用竹子做的门一样。

是不是这么回事呢？先得从最早那个，也就是大禹时代那个荆州说起。今天可以找到的历史记载，都是从秦代开始的。再往前推，可以发现的蛛丝马迹是句（gōu）吴，《史记·吴太伯世家》：吴太伯是周太王的大儿子，也叫泰伯。

伯，就是家里的老大，大儿子的意思。

古代，男性同辈排序时，通常称老大（长子）为“伯”，老二（次子）为“仲”、老三（三子）为“叔”、老四（四子）为“季”、老五（五子）为“少”。有几个女儿怎么叫，没有说。即便是生了七八个女儿，终于生了一个儿子，那个儿子，也是“伯”。可见，对女儿是另外一种排序。

吴太伯的弟弟季历，也就是周太王的第四个儿子，以及季历的儿子姬昌都很贤明，周太王要传位给季历，让季历把位置传给姬昌，也就是后来的周文王。太伯就跑了！跑到哪儿去了呢？跑到荆人居住的地方去了，“太伯之犇荆蛮”，“犇”同“奔”。而且按照荆人的习俗，把自己剪成了短头发，身上也刺起了花纹。名字也改了，叫“句吴”，“自号句吴”。

荆人呢？觉得太伯还不错，追随并且归附他的有上千家。太伯就这样成了荆人的首领，“立为吴太伯”。地方在哪儿呢？越国之前的不清楚，也就是吴太伯那个时候不清楚，越国第一二代君主那阵子有一些记载，也就是夫谭、允常在位的时候有记载，当时的都城在今天浙江绍兴（会稽）一带，也有说是今天江苏无锡一带。

越国从立国到灭亡，疆域大体经历了五次重大变化；吴王夫差打败越王勾践后；吴增封越国土后；越灭吴后；楚打败越王无疆后。确定了越国最先在浙江一带，吴国在江苏安徽一带，楚国在湖南湖北一带。那么，可以肯定的是：大禹那个时代的荆州，最有可能的是浙江。那个时候的荆人，不能，也不应该与楚人画等号。至于秦、汉、三国以后那个荆州更不能与大禹时代这个荆州画等号。

郑华 画

再看图腾。王玉哲《中国上古史纲》："图腾的痕迹，是原始社会单位，系存动植物或其他自然现象的名称而区分，作为本族的族徽，相信其本身与该项同名之动植物有亲密的关系，或认为他们的祖先是由那种动植物转变而来的，这就是图腾。”

翦伯赞《先秦史》：“东方伏羲氏为蛇（或龙）图腾；北方犬戎族为犬图腾；南方大多以猛兽为图腾；中部炎帝族，牛图腾。西方黄帝族的首领黄帝号有熊氏，为熊图腾。其他统率的氏族以熊、罴、貔、貅、虎为图腾。”

《左传》昭公十七年郯子：“昔者黄帝氏以云纪，故为云师而云名。炎帝氏以火纪，故为火师而火名。共工氏以水纪，故为水师而水名。大氏以龙纪，故为龙师而龙名。我高祖少氏挚之立也，凤鸟适至，故纪于鸟，为鸟师而鸟名。”这些云、火、水、龙、鸟，实际上就是这些氏族的图腾。

《春秋左氏传》，原名《左氏春秋》，汉代又名《春秋左氏》《春秋内传》，汉代以后才多称《左传》，是中国第一部叙事详细的编年体史书，同时也是杰出的历史散文巨著。相传是春秋末年鲁国的左丘明为《春秋》做注解的一部史书，与《公羊传》《谷梁传》合称“春秋三传”。共三十五卷，是“十三经”中篇幅最长的，记述范围从公元前722（鲁隐公元年）至公元前468（鲁哀公二十七年）。

从《左传》的记载推测：荆人的图腾崇拜，应该是蛇。蛇在十二生肖里面，通常不叫蛇，叫小龙。甚至说：成龙上天，成蛇入地。整得好，就是龙；整不好，就是蛇。

说到这儿，有一个传说，说杜宇40岁的时候，老婆才怀上娃儿。娃儿出生前，请巫师占卜算命，结果是一条不吉利的长蛇。注意，圈重点，蛇，这是荆人的图腾崇拜。当然荆人还有其他的图腾，核心的图腾估计是蛇。

古蜀人的图腾崇拜是什么呢？这得要从冉人氏说起。唐代大诗人李白，才来、情来、意来的李白说："蚕丛及鱼凫……尔来四万八千岁，不与秦塞通人烟。"

鱼凫之后是杜宇，杜宇之后是"鳖灵"。从"鳖灵"开始，一个一个地倒推过去，分别是杜宇、鱼凫氏、柏灌氏、蚕丛氏、冉人。这不好懂，换个句式，就变成了：冉人、蚕丛氏、柏灌氏、鱼凫氏、杜宇。

冉人之前，古蜀国的地盘上曾经有过什么人没有？不知道。考古发现，新石器时代（大约从1万年前开始，结束时间距今5000多年至2000多年不等），古蜀的地盘上，就有人类活动的遗迹。至于叫什么人，等以后有了新发现再确定吧，这儿就不牵强附会了。

冉是什么？拿今天的形容词来解释，冉就是太阳。小学生写作文的时候，经常是太阳冉冉升起，冉冉升起的太阳。今天，四川最有影响力的古董，就是太阳神鸟。现在开始划重点，虽然不考试，但是，对您读懂“鳖灵”有用。

太阳神鸟，2001 年出土。2001 年 2 月 8 日，在成都近郊金沙村管道施工中，挖出了部分铜器、石器等文物，考古人员随即展开大规模的科学发掘，大批金器、玉器、铜器和象牙不断出土。2 月 25 日，上午 10 时许，一件特别的金饰件出土。刚出土时，金饰件已被揉成一团，在考古人员认真、科学地记录之后，小心翼翼地将金饰复原，展开——金饰上刻画的“太阳”和“鸟”的图案，清晰地呈现出来。看到这里，还不明白，接着往下看。

第一，收藏在成都金沙遗址博物馆。想看，可以去。没有人挡着您。只需要一点时间，一点路费，一点您完全拿得出来的盘缠。当然，先要买《盯到乐山读周边》这本书，把胃口吊起来，兴趣逗出来。

第二，年代，商周。这儿，顺带说一下楚人和夜郎人的图腾崇拜，因为鳖灵的老底要从这儿揭穿。楚人的图腾崇拜是凤，夜郎人是竹。太阳神鸟，那 4 只鸟是不是凤鸟？不管是不是凤鸟，氏族中崇拜鸟的，以鸟为图腾的，除了楚人，没有其他人。楚人的祖先，是高辛部落。冉人与楚人，是隔壁的邻居关系。氏族之间可能通婚，可能联姻，可能在习俗上、文化上相互影响。

第三，是中国文化遗产标志。2005 年 8 月 16 日，商周太阳神鸟金饰图案从 1600 余件候选图案中脱颖而出，成为中国文化遗产标志。大家都懂的，标志就是其他所有的，被认定为文化遗产的，都要贴上它才算。不然，不作数。

第四，被列入《第三批禁止出国（境）展览文物目录》。拿到国外、境外去展览都不行，就更不要说其他了。所以，现在四川的旅游才这么牛。因为，有东西可看嘛。而且，看的不是一般的东西，非常好的东西。除了这儿有，其他地方不说博物馆，就是天上地下，也是没有的！

第五，用自然沙金加工而成，含金量高达 94.2%。同志们，出门拣到了一块金子，天然的金子，纯度又这么高，而且是这么大的一块，不得了啊！非常不得了啊！比踩了狗屎运，还要好。打牌都不得输，也不可能输。

第六，由于用来刻画的工具不行，不够锋利，在图案的四周留下了反复刻画的痕迹。足见珍贵！

第七，关键的关键，重点中的重点，就在这里了，都与太阳崇拜有关。金饰中心图案很像一个喷射出 12 道光芒的太阳，外层的4只飞鸟极似神话传说中的“负日金乌”。

懂了吗？什么是冉人？冉人，就是崇拜太阳的人，拿太阳当神的人，拿太阳当图腾的人；荆人，就是崇拜蛇的人，拿蛇当图腾的人；楚人，就是崇拜凤鸟的人，拿凤凰当图腾的人；巴人，就是崇拜白虎的人，拿虎当图腾的人……今天，我们还能看到世界各地各个民族的图腾，似乎都能从中找到他们的信仰，他们的来龙去脉。

就这么简单吗？不。氏族、部落的图腾体系，有一个从简单到复杂的过程，从单一到多样的过程，这个过程，不仅可以解开氏族、部落的兴衰，还可以找到他们之间血缘关系。

总之，有了太阳神鸟，就能为您一一解开古蜀国之谜。是不是已经热血贲张，想来您也是热血贲张，有点迫不及待了。

接下来，请看蚕丛氏。

现在的各种记载和论说，都倾向于古蜀人是从蚕丛氏开始进入成都平原的，之前都在茂汶盆地一带。还有说法，说蚕丛氏实际上是冉人氏的一支。

蚕丛氏，重庆大学文学院贾雯鹤《蚕丛氏考》认为：

“丛”应该读“宗”，一个依据是《庄子》这本书上的两处记载,《庄子·齐物论》“宗”：从前，尧问舜我准备讨伐宗脍胥敖，“昔者尧问于舜曰我欲伐宗脍胥敖”。《庄子·人间世》“丛”：从前，尧攻打丛枝胥敖，“昔尧攻丛枝胥敖”。

还有一个依据是：蚕宗氏的命名方式和河宗氏如出一辙,《穆天子传》卷一：“河伯无夷之所都居，是惟河宗氏。”郭璞注：“河，四渎之宗，主河者因以为氏。”洪颐煊校：“《初学记》六，引《穆天子传》：河与江、淮、济三水为四渎，河曰河宗，四渎之所宗也。”显而易见，河宗氏就是崇拜河神的一个部族或者说是以河神为自己的祖神。以此类推，蚕宗氏应该就是崇拜蚕神的一个部族，以蚕神作为自己的祖神或者说是蚕神的后代。

《穆天子传》，又名《周王传》《穆王传》《周穆王传》《周穆王游行记》，是西周时期的历史典籍之一。以日月为序，分为六卷，记述了周穆王姬满游历天下的事，是中国文字记载中的最早的旅行活动，在古代部族研究和中外文化交流上具有独特的参考价值。

不管是蚕丛还是蚕宗，既然今天多数人都认同是蚕丛，就说蚕丛吧！

蚕丛，用今天的话来说：就是蚕神，教人养蚕的神。

嗨，同志们！会养蚕，弄出蚕丝，然后把蚕丝制成衣服穿在身上、被子盖在身上……这意味着什么？意味着人类已经进入奢侈品时代，可以和蛮荒时代说一声拜拜了！这在当时，可真是一件开天辟地、空前绝后的大事件啊！不亚于，绝对不亚于今天的重大发明，任何一项具有开创性的重大发明。不仅要得国家的最高发明奖，还要拿诺贝尔奖。

因为会养蚕、会缫丝，蚕丛氏替代了冉人氏，成了当时古蜀国的最高统治者。怎么过渡的？史上没有说，至于为什么没有说，或者是说了。就等着揭秘吧！反正，蚕丛氏接替了冉人，成了古蜀国最强大的氏族，当上了这个地盘所有氏族、部落的带头哥。

太阳确实是个好东西，但是，毕竟不是天天出来。尤其是在四川这个鬼地方，太阳不是天天都要出来的，它躲在厚厚的云里头。如果是连续的阴雨天气，就更不容易见到太阳。

有了蚕丛，穿着蚕丝的衣服，盖着蚕丝的被子，那是多么的温暖，多么的牛啊！

如果说，崇拜太阳的冉人，是第一个形成征服力量的氏族或者是部落，那么，会养蚕的蚕丛氏，就是第二个。

太阳的光辉一直照耀到今天，蚕也是。到了蚕丛氏，氏族的图腾崇拜就开始多起来，他们要崇拜太阳，也要崇拜蚕，最崇拜的是“石”，把“石”作为图腾的核心，其他的图腾都融会贯通到这个里面来。

蚕丛氏的“石”崇拜，又因为氏族、部落的原因，一部分崇拜“白石”，传说羌人的先祖受到天神的指点，用白石打败了彪悍的戈基人，使氏族有了生息繁衍的环境。这个崇拜现在仍然保留着，户户羌寨庄房都供奉白石。

一部分崇拜“大石”。从蚕丛住进石室那时起，石头就与蜀人结下了不解之缘。到了开明王朝第九世的时候，开始立宗庙。这个时候，蜀有五丁力士，力气大，能够移山，举万钧。每个王死了，就立块大石头，作为墓志。这块石头长三丈，重千钧，叫石笋，立宗庙的地方叫笋里。至今，四川境内还有很多石垒碉房和高大石碉。支机石、天涯石、五块石、石镜、飞来石、石室等等，更是千古永留传。石室的好处，不只是坚固，兼具居住和防御的功能，而且冬暖夏凉，人住着舒服。

郑华　画

至于蚕图腾，那是后人赋予蚕丛氏的图腾形象。包括后面要一一说到的柏濩、鱼凫、杜宇等等。人啊，光解决了冷暖问题，还不行。还要解决吃的问题。不只是人自己吃的问题，还有人需要的东西，它们的吃的问题。就像汽车，您要烧油或者是充电吧。不然，跑不起来呀。蚕，也是要吃东西的。

蚕丛氏养蚕，养多了之后，就需要解决蚕吃的桑叶（或者是别的什么）的问题。也就是这个时候，柏濩氏来了。

什么是柏濩？谁是柏濩？历史记载得太少了，实在是太少了。少得搞不出一个底朝天来。当然，从贵得比金豆儿还贵的几行文字中，重点仍然还是可以圈出来的。

首先，柏灌氏是为了躲避战争从别的地方迁移过来的。之前在哪儿？干什么？不清楚。前提是躲避战争。

第二，柏灌氏善于种植。种什么呢？那个时代，肯定不会像今天一样种粮食。可能种一些粮食，但是，主要是种树，种有果实、有嫩叶的树。解决了蚕吃什么的问题，就可以大量养蚕了。所以，柏灌氏就代替了蚕丛氏，成了古蜀国的国王。

第三，关于柏灌氏的来源问题，一说是在迁到的地方看到了白鹤，就一起订立盟约，改为柏灌。柏，是“白”的误。灌，就是发现白鹤的那一片树林子，类似今天我们说的灌木。一说，是“泊灌”。柏，是“泊”的误。泊，当然有停下来的意思啰。停下来，开始种植，就是“灌”。浇灌，灌溉。

柏灌氏崇拜的图腾是什么呢？有人说是鸟，也就是白鹤；也有人说是獾，狗獾。可是，拿不出证据来。

1998 年，成都市蒲江县鹤山镇飞龙村出土了一件鱼形铜印，印的左上方有一个船的图形，能不能据此推断这就是柏灌的图腾呢？

如果说是，那也只是鱼凫想象给柏灌的。鱼凫以打鱼为生，最迷信的当然是船儿啰！就像柏灌迷信蚕丛是蚕儿，蚕丛迷信冉人是太阳一个样。不过，从这条船儿的图形上，真还找到一些柏灌的图腾线索。

柏灌的图腾崇拜，是以“柏”为核心，掺杂融会了其他的因素。柏灌居住在水边上，需要造船。而造船的材料，在他那个时代，就是柏木。郭璞注《山海经·海内经》中，就有这样一些记载：“柏高上下于此，至于天”。

柏高，应该是高大的柏树，而不是某个人。说柏高是位仙人，可能是郭璞的误会。今天，人们常说树木高大参天。用这个意思来理解，“柏高上下于此，至于天”，才对。高大参天的柏树，范围就在这个地方。这样，上下文连接起来，也就解释得通了。“山青水之东，有山名曰：（肇山）。有人名曰：柏高。柏高上下于此，至于天。”

究竟是不是呢？争吧，继续争吧。反正，有了柏灌这个氏族的存在，他们取代了蚕丛氏，成了古蜀国的王。这也符合现在经济发展的规律，谁掌握了更多的资源，谁就是那个时代的王者。

有了太阳，有了会养蚕的蚕神，会种植和造船的柏灌，还缺什么呢？

郑华 画

鱼凫氏来了，鱼凫是个什么鬼？鱼凫，就是鱼老鸹，一种捕鱼的水鸟。现在，在四川的小河沟儿里面，甚至是大河边，还有成群结队的鱼老鸹。鱼老鸹本来可以吃很大的一条鱼，但是，渔民们为了不让它吃，就在它的脖子上套了一个环（卡子）。因此，鱼老鸹抓到鱼，就只能把鱼吐到渔民的船上。鱼老鸹到水里捕鱼的时候，也会让鱼们惊慌失措，挂到渔网上，或者钻进其他的捕鱼工具中。

鱼凫氏，估计就是掌握了用鱼老鸹捕鱼的那些人。这些人征服了先前养蚕的人、种树的人、造船的人。你有船又怎么样，不会捕鱼，那又怎么样？守着金碗要饭吃。会捕鱼，确实是一个开天辟地的大事件。

说鱼凫，就是鱼老鸹，这也是后人赋予他们的图腾。鱼凫氏的图腾崇拜，应该说是以船为核心，把鱼、鱼老鸹等一切图腾元素都融会进去了。图腾，在那个就代表一切力量的时代，行将走到尽头。生产力左右生产关系的时代，人们需要生产关系适应生产力的时代，已经露出了一些端倪。

有了基本的生产力，人们就要谋求生产关系的改变。你不强大，只有投身、依附、逃避，甚至被吃掉——征服、灭亡。你要强大，就会有主动投身过来的，主动依附过来的。氏族、部落的关系就这样发生了改变，单一的氏族、部落终结了，混合的、多元的氏族、部落出现了。人的概念更加倾向于地域概念，而不是氏族概念、部落概念。氏族、部落的族群符号，被姓氏取而代之，同属鱼凫氏的蜀王就变成了杜宇，有姓有名了。

同一时期，中原的氏族、部落都已经确定了姓氏。氏族、部落变成了姓氏，连接氏族、部落的纽带就断了！一统天下、天下一统的意愿已经进入实施阶段，杜宇氏打败了鱼凫氏。

杜宇氏的出身，也是渔民。杜宇氏不仅在今天四川的地盘上完成了统一，公元前 1057 年，还带人参加了周武王伐纣的战争。杜宇带领的部队，是伐纣联军中最具战斗力的队伍之一，是推翻暴君殷纣王的重要力量。

杜宇氏的图腾崇拜是什么？有人说是鸟，因为望帝杜宇死后变成了杜鹃。这不对，要讲他活着的时候。杜宇氏接替鱼凫氏，也就是关于杜宇王朝的建立，有两种说法：一种说杜宇氏本来是冉人部落的后代，以打鱼为生，推翻了鱼凫氏的统治；另一种说杜宇氏出生在今天云南省昭通市朱提（shūshí）一带或者是四川宜宾市一带，《蜀王本纪》说："蜀王杜宇从天堕，止朱提。""从天堕"，神啊！神乎其神！能够直接从天上降下来的，那个时代，除了鸟，还有什么？鸟的飞形器，或者是把自己伪装成鸟。人对鸟的想象和模仿，至今仍然是能力很强。

杜宇出生的时候，一名叫利的女子也出生在古蜀国，出生在今天成都市管辖的崇州市（江源）一带，或者是阿坝藏族羌族自治州松潘县一带，怎么出生的呢？从井中冒出来的。可能吗？不可能。

利的出生，对照“井”字的来龙去脉，也有可能是船上或者是筏子上，也有可能在那个时代，人们已经熟练掌握并在水中分娩。这与对鳖灵身世的推测差不多。而且，利所在的图腾崇拜与水有关，很有可能是船，也有可能是鱼。这与鱼凫氏的图腾崇拜是一致的。

两个神人走在了一起，杜宇与利结婚，就迁过来了。鱼凫氏死后，位置空出来了，杜宇就在蜀地称王。《华阳国志》的记载正好相反，说利出生在今天云南省昭通市或者是四川宜宾市，是利迁过来了，嫁过来了，不是杜宇迁过来了，当了上门女婿。

不管是杜宇迁过来了，还是利迁过来了，都说明一个问题，就是氏族、部落的联姻已经扩大，至少可以跨区域了。几百公里，在那时是很远的。

一切都是为了更强大，即使是不同的图腾，也可以联姻。杜宇的图腾崇拜究竟是什么呢？最有可能的是以“鸟”为核心，融会了其他一切可能的图腾符号，只有这样，才最有可能地建立起强大的统一战线，完成迁都、移居、更名等等这样的一系列的宏伟大业。

现在有一种误读，就是开明王朝之前，蚕丛、柏灌、鱼凫、杜宇等一个人就整了几百年。同时，又在怀疑，一个人的岁数真的能活那么长吗?

《华阳国志·蜀志》说：蚕丛氏，是商王廪辛继位初被干掉的。商王廪辛在位的时间，是 4 年。这位廪辛，是商甲宗子先，在位时间是公元前 1156—公元前 1153 年。

蚕丛氏登上古蜀国历史舞台，走进中央的时间，尽管无法确认，但是，可以肯定的时间，是公元前 1613 年。这一年，商君祖甲执政后期，蚕丛氏部落不屈服商周的控制，领导部族奋起反抗，结果弱不胜强，战死岷山，部人四处逃散。

从公元前 1613 年算起，就算蚕丛氏是公元前 1156 年被干掉的，那么，存续的时间至少也是 457 年。更不用说“三皇五帝”，以及夏代和商周之前的这一段时间，都说是长达上千年的啊！一个人真的能活这么久吗？当然不能，不可能。至于彭祖活了 800 岁，宝掌和尚活了 1072 岁，张三丰活了 200 多岁，那也只是传说。如果真有“小花甲设岁法”，以 60 天为一年，那么彭祖的真实寿命大概也就是 130 多岁。当然，没有“小花甲设岁法”。

回到氏族上来，可以解开这个谜团，轻轻松松地解开这个谜团。前面已经说过，氏族、部落时代的个人，没有像今天的某个人一样有名有姓，氏族、部落的头儿，一概叫××氏。《史记·楚世家》说得很清楚、很明白，再清楚、再明白不过了：彭祖作为一个氏族，“彭祖氏”，殷的时候还是侯伯，“殷之时尝为侯伯”，什么时候被干掉的呢？殷的最后，“殷之末世灭彭祖氏”。

柏灌氏接的蚕丛氏，最迟是在公元前1153年，被干掉的时间是公元前1063年。也就是说，柏灌氏在位的时间，少则90年，多则94年，就算像战国时期甘罗那样12岁或者是14岁拜相，那也是活了将近100岁，或者是100多岁。

这就露出破绽来了，势力衰弱的柏灌氏部落，是被南边新起的鱼凫氏部落兼并的。注意，这儿说的是柏灌氏，不是柏灌，是一个氏族部落，而不是一个人。鱼凫氏也是，是鱼凫氏，而不是鱼凫一个人。

接下来，大概可以梳理清楚了。公元前1057年，鱼凫王杜宇带队参加了武王伐纣，号称蜀。《尚书·牧誓》：“庸、蜀、羌、髳、微、卢、彭、濮人”中的“蜀”，就是那个叫鱼凫王的杜宇，而不是那个叫望帝的杜宇。

鱼凫氏杜宇定都鱼凫城的时间，是公元前1045年，周王室册封杜宇为蜀王，准予建都立国。这个时候的杜宇氏才率领氏族从茂汶盆地东迁至广汉平原，在今天成都市温江区万春镇报恩建鱼凫城，成立蜀国。也就是这一年起（公元前1045年），古蜀国从原始氏族公社进入奴隶社会，这个杜宇，鱼凫杜宇，就成了古蜀国开始奴隶制的第一位君王。

这个带兵参加了武王伐纣的鱼凫王杜宇，应该是上演从天堕好戏的杜宇，而不是去掉了鱼凫氏头衔，把位置让给鳖灵的望帝杜宇。望帝杜宇要在300年以后，或者是200多年以后，才登上历史的舞台，并站在古蜀国的中央。

这个时间节点，是这样倒推回去的，鳖灵在公元前666年前后称开明帝，建立开明王朝。也就是说，杜宇王朝去掉鱼凫氏头衔，正式称帝的时间是公元前1045年。从公元前1063年干掉柏灌氏，到公元前1045年去掉鱼凫氏头衔，这个时间是18年。从公元前1045年去掉鱼凫氏头衔到公元前666年前后，这个时间是379年左右。

杜宇王朝397年的统治时期，分明可见的只有一个鱼凫王杜宇和一个望帝杜宇。其他有没有××杜宇呢？是个谜，千古之谜。因此，蒙文通的解释，应该是最合理的，蚕丛、柏灌、鱼凫都是“一代之名，而非一人之名”。也就是说：既然开明王朝前后经历了12帝，那么蚕丛、柏灌、鱼凫、杜宇，也是，也应该是前后经历了许多人，只是他们的名字，都被氏族部落取代掉了！让后人查找起来费力。

书归正传，就这么一个最初“自以功德高诸王，乃以褒斜为前门，熊耳、灵关为后户，玉垒、峨眉为城郭，江、潜、绵、洛为池泽，以汶山为畜牧，南中为园苑”的杜宇王朝，到了望帝杜宇的时候，在自然面前，面对洪水，只有两个办法：一个是带着人们到山上去躲避，一个对河道进行治理。治理，就非常需要一个会治理的人。这个人，真的就来了，叫“鳖灵”。

接着望帝杜宇老婆 40 岁怀娃儿那个故事说，可以肯定，杜宇王朝的图腾崇拜，要么与蛇不沾边，要么就是担心蛇图腾的人夺自己的位置。这才在占卜说老婆怀的娃儿是长蛇后，坚定地认为不吉利。等老婆把娃儿生下来，就用丝绢包裹，扔进湔江。

湔江，与古蜀国的文明，其实有很大的关系。比望帝杜宇还要早八辈子的鱼凫，就已经在湔山那一带打鱼、捕猎、耕种为生了，“田于湔山”。湔江一共有九条支流，也就是“九河”：鸭子河、小石河、马牧河、濛阳河、小濛阳河、白土河、新润河、新开河、青白江。鸭子河畔，就是古蜀文明遗址——“三星堆”。

郑华 画

好了！再说鳖灵。杜宇把刚生下的娃儿扔进湔江后，被一只鳖（四川话叫王八）驮走了。这个刚出生，被老汉儿扔掉，被鳖驮走的娃儿，运气真好，被一个打鱼人救了起来。因为娃儿是从鳖背救起来的，就取名叫“鳖灵”。这是一个故事，一个图腾时代经不起任何推敲的传说。

鳖灵长大后，首先在今天的乐山站稳了脚跟，建立了自己的王国。所以，今天乐山、雅安等地，还有许多地方叫“炳灵”。实际上，就是“鳖灵”，认为是“炳灵”，要么是因为方言，要么是因为雅俗之故。

鳖灵在开疆拓土的过程中，先是治服了彭国的九头虎开明兽，做了彭国国王；后来，治服了蜀国人面鱼身的吃人怪物赤鳝，当上了古蜀国的宰相；再后来，又受望帝杜宇的指派，成功治理了郫县那一带的水患，然后取代望帝杜宇，变成了古蜀国开明王朝的开创者、奠基人。

鳖灵是蛇这个说法，与荆人的图腾崇拜——蛇，确实对得上号。

鳖灵之前之后的时代，氏族与氏族之间，因为通婚、联姻、迁徙、征服、被征服，变得你中有我，我中有你。楚人中间有荆人，荆人中间有楚人，荆人、楚人中间还有其他人，其他人中间也有荆人、楚人。

这种复杂的氏族、族群、部落关系，用三两句话，几百千把个字，说不清了。但是，通过前面这么多的铺垫、印证，鳖灵的身世从此似乎就清楚了！

第一，鳖灵的出生，可能是在船上或者是筏子上。《蜀志》《禽经》《太平广记》《蜀记》基本都认同这一点，“望帝称王于蜀时，荆州有一人化从井中出，名曰鳖灵。”

鳖灵极有可能是在乐山站稳脚跟之后，再到杜宇那儿谋发展的。当然，为了一鸣惊人，就弄个巨大的鳖壳状的东西，把自己伪装起来。说鳖灵是死了，从荆人的地盘上漂到古蜀国的地盘上来，大家都觉得神，真神，这样一传十,十传百，最后，才有可能传到王宫里去。如果不编这样一个故事，没人觉得神，能见到杜宇吗？不能的，不可能的。

第二，那个时代，不仅鳖灵要把自己塑造得跟神一样，所有的氏族、王朝的首领们，大大小小的头儿们，都要把自己塑造得跟神一样。这就好比今天的“吸粉”，要主动喂料，爆料，没有人问：是真的，还是假的。真的，假的，与他无关。不仅东方如此，西方也是如此。

第三，由于“灵”与“令”在四川人这儿读起来差别不大，甚至就误以为是同一个字，因此，可以肯定鳖灵是通过巴人的地盘或者是夜郎的地盘，来到乐山的。虽然巴人的图腾崇拜是虎，但是，又与蛇有关。巴的本义，就是指蛇。

巴蛇这种说法，来自《山海经·海内南经》,《楚辞·天问》也引用了这个记载。到了《路史·后纪十》，巴蛇就直接变成“长蛇”了！这与杜宇请人占卜说老婆怀的儿子是长蛇，简直就是那么一回事啊！

夜郎是以竹为核心的，虎、鹰、水、龙等的多图腾崇拜。与古蜀国后期一样，因为氏族、部落之间的界限已经模糊，姓氏文化开始变得清晰起来。

当然，把鳖灵等同于“鳖令”，这有一个问题，明显的问题，就是“令”作为官名，是战国以后的事儿，秦汉最多。鳖灵那个时代，还是商周时代，都是王制，哪来的“令”呢？也就是说，根本不能把百年以后的事儿，作为一个标签，硬贴到从前的时代，特别是人物的身上。

第四，鳖灵不是他本来的姓氏。他本来的姓氏，被他弄来伪装自己的鳖壳取而代之了。他当望帝相国的时候，就变成了杜灵。是王的姓，而不是普通老百姓的姓。当然，普通老百姓在那个时候，多数还没有姓，更没有名。总之，那个时代，是神话时代！而且作为一种心理暗示，一直延续到今天，甚至从今往后。相国作为官职始于齐景公，之后，其他诸侯国也有设置。之所以安在鳖灵身上，是因为找不到当时的记载吧！

第五，鳖灵会治水，并且取得了成功。看到这儿，明白什么叫鳖灵了吧？鳖灵就是那个跟大禹一样会治水的人。黄河那边，大禹带着人们治水有功。长江这边，鳖灵治水也有功。能治水的鳖灵，就这样取代杜宇氏，成为古蜀国的帝。

第六，鳖灵是否在乐山建立过行政中心，“开明故治”这段历史是不是应该从他讲起？这是个问题，不大不小的问题。因为像《竹书纪年》这样的史书，都是曾经一度被毁掉了，后来又补的，能靠谱吗？只能据此推测。让种种猜测更接近原来的样子。

郑华 画

“开明故治”这四个字，最先出现在《水经注》：“南安县治青衣、江会，襟带二水焉。即蜀王开明故治也。”南安县放到后面去讲。任乃强《四川上古史新探》，依据就是《水经注》。

《水经注》因注《水经》而得名，《水经》约10000多字。《水经注》以《水经》为纲，详细记载了1000多条大小河流及有关的历史遗迹、人物掌故、神话传说等，是中国古代最全面、最系统的综合性地理著作。

《水经注》中这个“开明故治”，就是鳖灵建立的吗?

除了童恩正《古代的巴蜀》中“最初到达川西时，定居在今乐山一带”，蒙文通《巴蜀古史论述》中“也许开明溯江而上，先在南安（乐山），又北上至广都，后移成都”，找不到其他证据，而且，童恩正、蒙文通打的都是马虎眼。

相反，汉扬代雄《蜀王本纪》、应劭《风俗通义》、李膺《蜀志》，晋张华《禽经》、王隐《蜀记》、常璩《华阳国志·序志》，五代至北宋初李昉《太平广记》等等，都认为鳖灵是直接到了今天的成都市郫都区。而且《蜀王本纪》、来敏《本蜀论》记载的，都是鳖灵取代杜宇后，才把帝王的称号取为“开明”的。

乐山作为“开明故治”能不能成立呢？似乎可以成立。

话到这儿，排开《水经注》，对“治”的理解就不应该是行政中心，而是管辖范围。那么，开明王朝什么时候管到了乐山呢？开明王朝的第三代，也就是保子帝。《华阳国志·蜀志》：“保子帝攻青衣，雄张僚僰。”

先说“保子帝攻青衣”。这里的青衣，就是青衣羌国。

青衣羌国的建立时间，是公元前816年。管辖的地域范围是青衣江流域，也就是今天雅安、乐山、眉山青衣江地域。这个地域，在“保子帝攻青衣”前，都是独立存在的。

“保子攻青衣”后，就纳入到了开明王朝的统治范围。似乎可以沾到“开明故治”的边了！也确实沾了。

《舆地纪胜》卷一四七“芦山县”下记载：这个地方有“开明王城”，又引《旧经》说：这座城是“开明王所筑”。

为什么今天雅安市芦山县一带不称“开明故治”呢？雅安芦山不称“开明故治”，道理很简单：一方面保子帝在攻完青衣之后，战略转移到今天乐山这边来了，“雄张僚僰”，不管打没有打到今天的四川宜宾以及相邻的云南、贵州一带，至少把今天的乐山作为了前进指挥所或者是驻军营帐什么的。另一方面是今天乐山在后世的地理位置凸显，又有许多青衣的遗址遗迹。东晋桓温灭成汉，沿岷江北攻成都，根据地就是青衣，“进据青衣”。唐杜佑《通典》：“龙游，汉曰青衣道，在大江、青衣二水之会。”

《太平寰宇记》：“嘉州龙游县本汉青衣道，在大江之西，即青衣水合江之所，九年又改青衣县，取汉青衣道为名。”马临瑞《文献通考》补充说：“古有青衣神庙。”这个青衣神庙的位置，在今天乐山大佛景区的乌尤山上。乌尤山是睡佛的脑壳。

总之，今天乐山市中区的地盘上，就有青衣坝、青衣义桥、青衣别岛等诸如此类的地名。所以，乐山人可以肯定地说：这儿就是“开明故治”。当然其他地方也没有人争，也不可能争，因为《水经注》成书到现在，至少也是将近1500年，或者是1500多年了！

何况，《水经注》在后世的影响，又是那么的大。

再说“雄张僚僰”。这个“僚”字，也是后时代表述。汉武帝开西南夷前，叫“南蛮”。开西南夷后，叫“夷僚”。

汉武帝开西南夷，一共是3次：第一次是命唐蒙出使夜郎国，修南夷道，时间是公元前135年（汉武帝建元六年）；第二次是汉武帝派王然于、柏史昌、吕越等十余人，寻找身毒国，时间是公元前122年（汉武帝元狩元年）；第三次是迫使夜郎国和滇国归附，时间是公元前109年（汉武帝元封二年）。

单独称“僚”，是《华阳国志》。《华阳国志》：“蜀土无僚”，也就是之前没有“僚人”。什么时候开始来的呢？302年（西晋怀帝永嘉五年）。这个时候，犍为郡、僰道县就有大批僚人入住。

现在说“僰”，都是先秦时期中国西南居住的一个古老民族，其实不准确。“僰”是怎么来的呢？是西周时期，僰人在“牧野之战”中立了战功，被封为“僰侯”，建立了

“僰侯国”。

“僚”最初生活的地域，统称“百越”。《汉书·地理志》：百越的分布“自交趾至会稽七八千里，百越杂处，各有种姓”。也就是从今天江苏南部沿着东南沿海的上海、浙江、福建、广东、海南、广西及越南北部这一长达七八千里的半月圈内，是古越族人最集中的分布地区；局部零散分布还包括湖南、江西及安徽等地。

“僰”最初生活的地域，统称“百濮”。也就是今云南、贵州，四川至江汉流域以西一带。

“僚”与“僰”捱边搭界，扯上关系，是春秋战国时期。保子帝当政的时期，是春秋末期。因此，后来的史家或者志书什么的，说“雄张僚僰”，是说得通的。

最后总结一下，说乐山曾经是“开明故治”，是说得通的。

第一，鳖灵在成长的过程中，曾经经过乐山或者是以乐山为中心。童恩正、蒙文通虽然打了马虎眼，但是关于鳖灵身世的考证和传说，提供了一些必要的线索和佐证。虽然还不是很站得住脚，但是已经逼近了史料的极限。未来若有突破，在没有新的史料和考古发现之前，也是在这些史料上的突破。

第二，鳖灵建立开明王朝之前，是否曾经以乐山为中心不重要。重要的是，在杜宇时期，乐山就已经纳入了古蜀国的管辖范围，“峨眉为城郭”。鳖灵接替的是杜宇，乐山也在鳖灵的管辖范围之内，“故治”。

第三，保子帝曾经以乐山为据点，“进据青衣”，至少在战略上给“僚人”和“僰人”造成威慑。这个据点也许算不上行政中心，够不上“故治”。但是，能够确切证明的是：乐山在那个时代确实是开明王朝的管辖范围，是“故治”了！

第二章

南安，曾经是一颗巨大的溏心蛋

都说是秦设立的南安县，但是，都拿不出有力的证据。正是谜一般的存在，留给了人们打开脑洞的无限空间。

乐山作家罗家祥考证：南安县在中国历史上，并不是个唯一的专有地名，据权威的《中国历史地名大辞典》解释，历史上以“南安”为县名的多达13个！其中，在四川的就有4个。这4个，有一个在今天的广元市剑阁县——南安郡，一个在今天的自贡市荣县——南安郡（侨郡）。剩下的2个，都在今天的乐山市境内。对南安县，“蜀郡极南，故名南安县”，没有争议。只是对建置时间、管辖范围、行政中心整不清楚。

南安县在秦时这一段，到目前为止，基本上算是一团糨糊。这一阶段，关于在今天乐山一带设置南安县的时间，有四种说法或者说有争议。这儿，一个不漏地罗列出来，供读者诸君自己去考证吧！

一是秦灭巴蜀的时间，公元前316年（秦惠文王更元九年）；

二是秦灭丹犁的时间，公元前310年或者是公元前209年；

三是蜀侯绾被诛，秦单设蜀郡之后，公元前 285 年（秦昭襄王二十二年），设立的可能性最大；

四是因为设立过南安侯，所以叫南安县。这个南安侯是什么时候设立的呢？公元前 201 年（汉高祖六年）三月。

下面，先推敲第一个时间，秦灭巴蜀的时间。

蒲孝荣《四川政区沿革与治地今释》，把南安县的建置时间，就定在公元前316年（秦惠文王更元九年）。问题是，这一年虽然设置了蜀郡，但是，又同时保留蜀为侯国，实行郡国并行制。而且，这种郡国并行制要到 31 年后，也就是公元前 285 年才取消。

公元前 316 年，秦对蜀只是一次漂亮的斩首行动，只是把老大给灭了，把王降成了侯，但是，对之前的管辖范围、管辖方式，没有作任何的调整、改变。尾还在那儿，没有掉，而且后来还一再地兴风作浪，直至蜀侯绾被诛，秦单设蜀郡。

而且，目前所有的史料和论说，都把秦单设蜀郡的时间指向公元前 285 年。对此，萧易《蜀侯造反三立三杀》(《成都日报》2006 年 4 月 24 日）讲述得比较清楚，这儿只是把有趣的部分，也就是故事性、可读性比较强的部分摘要如下：

公元前 316 年，秦灭蜀当年，就开始对蜀国开始了一系列改造。排在第一位的，便是挑选一个合适的傀儡。让秦惠文王大伤脑筋的是，葭萌（古关名，在今天广元市昭化区境内）之战中，负隅顽抗的末代蜀王与蜀太子都成了秦军的刀下鬼。秦惠文王只得挑选蜀国王公贵族充当蜀侯，“贬蜀王更号为侯”。第一个被选中的人叫通国，册封通国为蜀侯，又任命陈庄为蜀国国相。

公元前 311 年，通国和陈庄合谋叛秦。这个时候，秦惠文王已经死了，秦武王刚刚登基，秦国国内动荡不安。通国飘飘然，做起了蜀王的美梦。陈庄抢先下手，诛杀通国，自己当起了土皇帝。陈庄派人觐见秦武王，想趁秦国王位交替之机浑水摸鱼，向秦武王讨个封号。

陈庄本来是秦国的臣子，秦武王如果答应，就等于承认蜀国又成了一个独立王国；如果不答应，只有挥师讨伐。陈庄呢？又耍起了小聪明，以秦国要消灭蜀人为由，鼓动蜀人给他卖命。尽管内忧外患，秦武王还是既不答应，也不讨伐，一副束之高阁的态度。

这样一来，蜀国内部反而炸了锅。通国的旧臣们本来就对陈庄不满，看到秦国迟迟不册封陈庄，认为秦武王不支持陈庄。于是，就暗中联络，驱逐陈庄。那些追随陈庄的人，看到蜀人暗中联络，害怕遭秦人、蜀人夹攻，渐渐也有了异心。

蜀国上下草木皆兵，陈庄也成了孤家寡人。秦武王见火候到了，派大将甘茂、张仪、司马错伐蜀，平定了蜀国的叛乱，陈庄被诛杀。

公元前 308 年，秦武王登基三年后，又挑选恽作为他在蜀国的代言人。这个恽的真实身份，是一个历史上著名的未解之谜。《华阳国志》："封子恽为蜀侯。"这就给后人一个误导：恽是秦武王的儿子，被分封到蜀国来的。

《史记・秦本纪》则说秦武王娶魏女作王后，"武王取魏女为后"，没得儿子，"无子"。因为秦武王没得儿子，他同父异母的弟弟秦昭襄王才得以继承王位。秦武王的王位都没人继承，又哪来一个儿子来蜀地做侯呢？

因此，蒙文通、任乃强、龙川资言等认为：恽是蜀侯通国的儿子。恽接过亡父衣钵，成为蜀国第二代蜀侯。父亲的教训摆在眼前：要么老老实实做秦王的傀儡，必须对秦王毕恭毕敬，遵从旨意，不敢造次，对秦王唯唯诺诺。要么振臂一呼，与秦人顽抗到底。总之，再不能像祖先一样割据一隅、威风八面了。

郑华　画

蜀侯恽心有不甘，决意谋反。公元前 301 年（秦昭襄王六年），恽联合蜀国文武官员叛秦自立，《史记》称“蜀反”。这次叛乱的详细经过，已经无法通过史书得知。秦昭襄王第三次派司马错伐蜀，蜀军战败，恽也死于乱军之中。

关于蜀侯恽的死，《华阳国志》还有另外一个版本：蜀侯恽一次祭拜山川，为了讨好秦昭襄王，便将祭祀用的酒食进献给秦王。恽有个后母，偷偷在酒食中下毒。秦王刚要品尝，后母说：“馈从二千里来，当试之。”秦王将酒食赐予大臣，大臣吃了，当场就死了，“食之即毙”。秦王大怒，命令司马错携宝剑到蜀国。恽夫妇百口难辩，双双自杀。

公元前 300 年（秦昭襄王七年），秦国再一次册封恽的儿子绾为蜀侯。15 年后，也就是公元前 285 年，秦昭襄王怀疑绾要造反，抢先一步，将其诛杀。绾是否要谋反，史书上并无记载。至此，不再设立蜀侯，改设蜀郡。

秦单设蜀郡的时间——公元前 285 年搞清楚了，设南安县的时间还是没有着落，只能从比较接近的地方和时间段中去找。之前，乐山本地的唐长寿、罗家祥、张碧秀等人，已经找得很辛苦。乐山以外的任乃强、蒲孝荣等一干人，甩了一个自己的看法和结论在那儿。普通人呢？这关我什么事？就抱着膀子在旁边看热闹。

蒲孝荣《四川政区沿革与治地今释》的最大贡献，就是为寻找南安县的设置时间，提供了一条宝贵的线索。这条线索，就是秦时蜀郡确实记载了设置时间的县，成都县不说，肯定是公元前 316 年。接下来的郫县、临邛县，都是公元前 311 年。严道县，是公元前 222 年。

回头看。公元前 311 年，蜀地上的大事件，就是“丹犁臣蜀”。“丹犁臣蜀”了，设县没有呢？没有。丹犁仍然是丹犁，蜀侯仍然是蜀侯。只是前一年，公元前 312 年，在丹犁旁边的地盘出现了一个之前没有的名字，这个名字，叫严道。

严道是怎么来的呢？因为樗里子因功受封。这个严道的行政中心，在今天雅安市荥经县境内。秦没有在严道划定管辖范围以前，“设治”，管辖范围最大的时候，相当于今天雅安市管辖的雨城区、名山区、荥经县、天全县、芦山县、宝兴县，眉山市洪雅县的大部或者是全部，甘孜藏族自治州的康定市、泸定县、雅江县、九龙县一带。

秦在严道划定管辖范围以后，管辖范围就仅限于今天雅安市荥经县大相岭以北的青衣江流域和甘孜藏族自治州的泸定县一带。这一带，过去是古蜀国徙的管辖范围。这个徙的旁边，就是青衣羌国。

《史记·五帝本记》载：“黄帝居轩辕之丘，娶西陵之女，是为嫘祖。嫘祖为黄帝正妃，生二子……青阳居江水。其二曰昌意，降居若水。昌意娶蜀山氏女曰昌仆，生高阳……是为帝颛顼也。”黄帝娶嫘祖，生了两个儿子，名字叫青阳的这个儿子居住在岷江，叫昌意的儿子住在青衣江。常璩的《华阳国志·蜀志》又记载，黄帝的儿子青阳留在蜀的地盘上，“封其支庶于蜀，世为侯伯”。

这个青衣羌国，最厉害的时候，是安阳王子时代，统领到了今天乐山市中区、峨眉山市、夹江县、沙湾区大渡河以北的地域。当然这个安阳王子不是指某个具体的人，就像前面讲到的开明王朝以前的古蜀王们一样。

对此记述得比较详细、准确的是《交州外域记》，可以从此追根溯源。《交州外域记》虽然散佚了，但是《水经注·叶榆水》转录了全文。秦灭蜀的时候，青衣羌国还在不在？没有记载。记载了的，是丹犁。丹犁，曾经归青衣羌国管辖。

这个丹犁的管辖范围，最厉害的时候，相当于青衣江下游和岷江西岸，也就是今天的眉山市洪雅县、丹棱县、青神县，乐山市的峨眉山市、夹江县、乐山市中区岷江西岸、沙湾区大渡河北岸等地，是臣属于古蜀国的半独立国。

这样一来，秦灭蜀时，青衣江流域各个属地的情况，就比较清楚了，下游是丹犁，上游是严道。中游有那么几个说不清楚的地方，但是，可以说与南安县的设置没有任何的一毛钱的关系。

继续在丹犁处深挖。《史记·秦本纪》《史记·张仪列传》以及《战国策·秦策》记载：公元前 311 年（秦惠文王更元十四年），丹犁才归蜀郡管辖，“丹犁臣蜀”。

蒙文通《巴蜀古史论述》认为：战国时丹犁在汉代的沈犁郡境，因此，秦灭丹犁事件不发生在南安境内，南安建县的时间与秦灭丹犁无关。究竟是不是呢？首先，来看沈犁郡的设置时间，公元前111年（汉武帝元鼎六年），《史记·西南夷列传》：南越破，杀筰侯，以“筰都为沈犁郡”。沈犁郡有说是丹犁郡。行政中心，“治所”，在今天雅安市汉源县东北，当时叫筰都县。

再来看这个沈犁郡的管辖范围，当时没有说，不过可以从后来的史料中找证据，公元前100—公元前97年（汉武帝天汉四年期间），曾经把沈犁郡撤了，设置了两个都尉，一个的行政中心在今天雅安市的汉源县境内（牦牛），一个的行政中心在今天雅安市芦山县境内（青衣）。这个青衣，后来曾经叫汉嘉县、阳嘉县。

总之，沈犁郡与今天的乐山，当时的丹犁，都隔了帽子远（方言：很远）。更何况，公元前111年（汉武帝元鼎六年）这个时候，南安县已经在犍为郡的管辖范围内。怎么可能会有沈犁郡这一说法呢？是因为丹犁的一支跑到那儿去了。什么时候跑到那儿去的呢？保子帝攻打青衣的时候？

由于青衣羌历朝历代，“屡世”，都受汉族官员的调遣，远出征伐，戍守边疆，也有留在边疆的，“就居”。因此，

"青羌"这个名字，一再出现，"屡见"在大渡河以外的地方和史志中。《华阳国志·蜀志》越巂郡"四部斯儿"军，都是两汉青羌戍军的军户。《宋史·三王部落传》，仍然还有大渡河的"青羌"。

"四部斯儿"，是一支叟人组建的部队，属于蜀汉越巂郡地方精锐兵团。"叟"是东汉魏晋时期出现的。《史记》《汉书》中都找不到"叟"。"叟"作为人群称谓的记载仅见于魏晋时撰成的《华阳国志》《后汉书》《三国志》《晋书》。目前，学术界对"叟"到底属于哪个氏族或者是部落，争议很大。

战国时没有沈犁郡，丹犁倒是确确实实存在，一直到公元前310年（秦武王元年）。不过，蒙文通的考证、推测开阔了研究的思路，也就是今天乐山市管辖的沐川县、马边彝族自治县、峨边彝族自治县、金口河区这一带，当时与笮管辖的地盘（辖地）边界相邻的地方，用今天的话来说，确实是一个非常广阔的开放地带，丹犁不在汉代沈犁郡内，战国时代在那里？也不知道。

与南安县设置时间一样不明确的武阳县，管辖范围相当于今天眉山市彭山区、东坡区、仁寿县（大部）、成都市新津县和乐山市井研县部分地域。也就是说，今天眉山市青神县、洪雅县、丹棱县，乃至乐山市的峨眉山市、夹江县、乐山市中区岷江西岸、沙湾区大渡河北岸等地，是一个真空地带。这个真空地带，就是丹犁？或者是“青衣羌国”的子子孙孙？

再寻青神县的建置时间，只是一句“两汉时期属犍为郡南安县”，之前呢？找不到任何一星半点的文字记述！青神县今天属眉山市管辖，北面紧邻今天眉山市东坡区，也就是当时的武阳县；南面，就是今天的乐山市中区；东面，就是今天乐山市管辖的井研县。当时，今天的井研县有一部分属于武阳县；西面，是今天乐山市夹江县的地盘。

丹棱县的建置时间，是 496 年（南齐明帝建武三年）设置齐通左郡的时候，丹棱才冒出来，叫齐通县。理论上，这个齐通左郡的管辖范围，包括今天眉山市东坡区、青神县和乐山市中区、夹江县、峨眉山市等地。但是，由于当时许多地方被夷僚侵占了，“没于夷僚”，实际控制区可能没有这么宽广。

唯独洪雅县好一点，有一句“汉时设犍为郡，洪雅东北大部分地区为南安县，属犍为郡，县西南部分地区属严道县”。至少从这儿，终于找到南安县与严道县的边了。

注意蒲孝荣《四川政区沿革与治地今释》确认：严道县是公元前 222 年设置的。但是，其他的史志上找不到，能找到的是樗里子因功受封的时间，公元前 312 年（秦惠文王更元十三年），和严道隶属蜀郡的时间，公元前 285 年（秦昭襄王二十二年）。而且，除了蒲孝荣《四川政区沿革与治地今释》，其他史志上从来就没有严道县这个说法，只有严道。

蒲孝荣这个严道县设置时间是公元前 222 年，是从哪儿冒出来的？找不到依据。说严道是一个县，从那儿无中生有冒出来的呢？颜师古那儿。这个颜师古是唐初的人，出现的时间段是 581—645 年。颜师古在注《汉书》的时候，说居住少数民族较多的地方，就叫“道”。今天，仍然有很多人依据颜师古这个说法来区分“道”与“县”的不同。

洪雅县这个说法，与秦没有划定严道管辖范围时，严道的管辖范围是对得上号的，完全对得上号的，秦没有划定严道管辖范围前，严道的管辖范围相当于今天雅安市管辖的雨城区、名山区、荥经县、天全县、芦山县、宝兴县，眉山市洪雅县的大部或者是全部。

北面没有搞，西面没搞，只有绕回来看东面，也就是今天自贡市这一面。自贡，秦代分属巴郡、蜀郡。汉代，富顺地区属犍为郡江阳县，荣县属犍为郡南安县。也就是说，在秦代也找不到自贡与南安县边界相邻的影子。

南面呢？今天乐山市管辖的沐川县，那个时候还是僰道的管辖范围。再往今天乐山市中区靠一步，就是今天乐山市管辖的犍为县。犍为县的地域，一度包括了今天五通桥区、沙湾区乃至井研县的部分地域。犍为县也没有秦时南安县的说法，只是说秦时属蜀郡。

也就是说，南安作为县名，在秦时的岁月里，从后来描述的管辖范围寻根，打着灯笼火把，把东南西北都找了一遍，还是没有影儿！从秦时蜀郡的地盘上找南安县，找不到，打起灯笼火把到《史记》《汉书》《华阳国志》，都找不到。南安这两个字，在有关秦时蜀郡的管辖范围内，连泡儿都没有冒，更不要说：西与青衣羌、笮都，东与巴郡，北与武阳，南与僰、僚等郡国部落接邻，也就是相当于今天乐山市管辖的大部分区、市、县加眉山市的青神县、洪雅县，自贡市的荣县，有说还要加上内江市威远县。

左看右看，东看西看，前看后看，都没有！这么大的一个地盘，到哪儿去了呢？之前，大家都避开了西南夷，在蜀郡的圈子头打转转，搅来搅去，把自个儿都搅晕了！来看唐张守节撰写的《史记正义》。

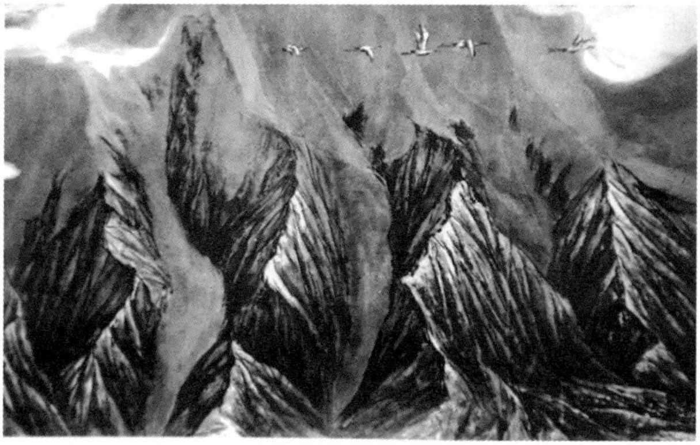

郑华 画

《史记正义》在公元前 311 年（秦惠文王更元十四年），蜀相陈庄杀蜀侯通国，也就是丹、犁二国降秦那儿补了几句，“在蜀西南姚府内，本西南夷。战国时蜀、滇国，唐初置犁州、丹州”。

说白了，南安这个广大的地域和空间，在蜀郡和西南夷的真空地带。丹犁降秦与蜀相陈庄杀蜀侯，是两码事。说丹犁是古蜀国某一支脉的封地，“蜀支封地”，那也是秦以前的事，与秦无关。丹犁这个时候究竟在哪儿呢？找不到任何的蛛丝马迹！更为蹊跷的是，自从公元前 310 年（秦武王元年）攻打丹犁之后，丹犁就彻底消失了。

前面已经说过，如果那时南安确实已经立县，那么，南安的西南面还有当时笮、邛这 2 个比较广大的开放地带，可以腾挪转身。公元前 285 年（秦昭襄王三十年），蜀郡太守张若“取笮及江南地”。

有人说：笮地是今天凉山彝族自治州盐源县、攀枝花市盐边县、云南华坪县、永胜县、宁蒗县等地，“江南地”是云南丽江市、大姚县、姚安县一带。

也就是说，到西南夷去找南安县的痕迹也是白搭！今天凉山彝族自治州（笮）与今天乐山市管辖的沐川县、马边彝族自治县、峨边彝族自治县、金口河区这一带，也就是今天凉山彝族自治州甘洛县、美姑县、雷波县等等，要到公元前 111 年（汉武帝元鼎六年）派大军征西南夷，杀邛君、笮侯，设立越嶲郡，才确立与犍为郡、沈犁郡的关系。

公元前 111 年（汉武帝元鼎六年），今天峨边彝族自治县、金口河区属越西郡灵关道。公元前 135 年（汉武帝建元六年），汉武帝派兵西进，开发“西南夷”，汉民族开始迁入，置州郡，峨边彝族自治县、金口河区才属犍为郡南安县。

马边彝族自治县，秦分属南安、僰道两县。汉属犍为、越西两郡，处于南安、僰道、卑水三县的结合部。卑水县，就是今天凉山彝族自治州美姑县。

沐川，周属僰地，汉属犍为郡，连南安两个字的鼻子气气都没得。当然，这也难怪，因为沐川那阵子与今天宜宾市屏山县在一块儿，属于古僰候的领地。要到汉代，才分别属于犍为郡僰道、朱提县。

秦时的地域上找不到南安县的影儿？谁当了秦时南安县的第一任官儿？秦时的县官儿，那是很大的一个官了，如果郡相当于省，县就相当于今天的市，甚至是副省。任命这么一个重要的职位，这么重要的一个人，不可能没有任何的一丝痕迹。

可惜，打着灯笼火把，旮旮旯旯，掘地三尺，都找过了，没有，就是没有。

蒲孝荣《四川政区沿革与治地今释》补了一刀，这一刀补得好。他说，南安县过去是蜀的国都，“昔为蜀国都，称南安”。注意，特别注意，“昔为蜀国都”。回放一下之前的历史，说到“开明故治”的时候，都没有说到国都这个问题。

蒲孝荣冒出来这句“昔为蜀国都”还是有道理，蒲孝荣在表述秦设蜀郡的时候，对了一下口形：公元前 316 年（秦惠文王更元九年），这一年还有一个年号，周慎靓王五年。意思是天下的共主——周还在。当然，对秦的强盛，也不否认。因为秦的子孙，要从这儿，甚至更早以前记起他们的祖先，追溯他们的龙兴之人，甚至是龙兴之地。

历史上的年号，如果不具体到具体的年月日时，在读史书，哪怕是同一部史书，不同版本的时候，老壳是要被整昏的。一方面，许多史书，最初的版本都不在了，都是传抄或者是补记的，难免语焉不详；另一方面，后人著史，也有许许多多的顾虑，自然也就视而不见了！

前面已经说过，公元前 316 年的秦灭蜀，只是一次漂亮的斩首行动，古蜀国的其他王们、侯们、支封们，还在一如既往地行使着他们的权力，直到最后才有可能死了那颗心。打开蚕丛氏的那段历史，分明可见，蚕丛氏公元前 1613 年就被打趴了，但是，他的后人或者是支脉在公元前 830—公元前 730 年的时候，以蚕桑兴邦，建立了蜀国。

秦与古蜀国的拉锯战更是长达 166 年，公元前 451—公元前 285 年，虽然最终以秦的胜利而告终，但是，古蜀的子民们，特别是仅存的一位王子杜泮（蜀泮）率部众南逃到今越南北部（交趾），建立起瓯雒国，自称安阳王朝，持续了 100 年后，才被秦末将领赵佗消灭。这期间，他们的挣扎与梦想，也许就没有消停过。

经过这么一番推导，似乎可以设想，秦攻打丹犁之后，丹犁王子、安阳王子、开明王子……仍然垂而不死，还在苦苦挣扎与周旋。或者是搞定之后，设了县还没有来得及最终确认。这一点，从汉初缺少对西南夷的经略就可以看出来。

郑华 画

2002 年，在湖南省湘西土家族苗族自治州龙山县里耶古镇的一口古井中，发掘出来大批秦代简牍，这就是蜚声国内外、堪与敦煌媲美的《里耶秦简》。

根据已经公布的《里耶秦简》第一册（湖南省文物考古研究所编，文物出版社，2012 年 1 月第 1 版），至少 4 处提到僰道（今宜宾市）和 3 处提到资中县（今内江市、资阳市一带）。僰道至少公元前 219 年（秦始皇二十八年），就已经设立；资中县至少在公元前 236 年（秦王政十一年），就已经设立。

乐山作家罗家祥认为：僰道、资中县的地位与南安县一样，秦时的表述都很模糊，都是《汉书·地理志》犍为郡下属的12县之一。特别是僰道，也有李冰治水的记载，与南安都在岷江道上，而且边界相邻，建置时间应该比较接近。过去，僰道、资中县的置县时间，都有秦置或者汉置的争议，《里耶秦简》第一册公布后，所有的争议都烟消云散，一风吹了！

还有一种可能，秦时根本就没有设置过南安县，只要设置过，不可能找不到任何的蛛丝马迹，特别是谁当的第一任老大，没有记载可以，民间传说多少还是应该有的。最合理的解释，就是单设蜀郡之前，一直捏在古蜀国后人手里。秦没有拿到话语权，或者是拿到了话语权，但是说话算不了数。

因为近的、远的都考证过了，都有比较确切的记载或者是传说了，不可能留下这么一个糖心蛋，确实也是一个糖心蛋。《元和郡县图志》说：嘉州，“禹贡梁州之域。秦为蜀郡。今州即汉犍为郡之南安县地。”又说龙游县（今乐山市中区），“本汉南安县地”。《太平寰宇记》龙游县，“汉为南安县地”。《舆地广记·卷二十九》龙游县，“本汉南安县地”。都不说是秦置。《中国历史地名大辞典》（广东教育出版社 1995 年 5 月第一版）也赞成汉置。

目前捏在手上的材料，今天乐山市的地盘上，第一次出现南安这两个字，是公元前 201 年（汉高祖六年）三月，刘邦按军功分封侯，一共封了大大小小 100 多个侯，巴蜀只封了两个侯，一个是什邡侯雍齿，一个就是南安侯宣虎。宣虎的食邑是 900 户，地域虽小，但也享有一些特权，比如：娃儿可以称太子，可以有家臣，收取封邑赋税等等。

《太平寰宇记》记载：宣虎的封地主要在夹江平原，大约就是西汉一乡的人力物力，大约相当于今天乐山市的夹江县、眉山市的洪雅县。注意洪雅县，说到丹犁，说到严道的时候，都说到了洪雅县。这可是南安建置时间，目前最有力的证据之一。

南安侯一共承续了三世。一世宣虎。不过，宣虎可能没有到这儿来上任，只是吃着这儿的赋税！二世宣戎，三世宣千秋。公元前 149 年（汉景帝中元元年），宣千秋因伤人罪，封国被剥夺。剥夺之后，这个地盘归谁管？又没得下文了！

公元前 111 年（汉武帝元鼎六年），南安县正式出现在犍为郡中。这个时候的行政中心，城的位置，据说在今天乐山市中区某个地方，青衣江与岷江交汇处，治“青衣、江会”。因为大渡河在今天乐山市中区滟澜洲（草鞋渡），就与青衣江汇合了。

犍为郡这个南安县管辖的范围有多大呢？前面已经说过，这里再说，免得各位看官自己去翻。

西与青衣羌、笮都，东与巴郡，北与武阳，南与僰、僚等郡国部落接邻，也就是相当于今天乐山市管辖的大部分区、市、县加眉山市的青神县、洪雅县，自贡市的荣县，有说还要加上内江市威远县。这个管辖范围的陈述，实际上是汉代化的，单凭一个“僚”字就能够足以证明。

“僚”音“佬”，又作“獠”。第一次出现，是《三国志·蜀书·霍峻传》：永昌郡内的夷獠依仗所处的地势险要，没有归顺，不臣服，“永昌郡夷獠恃险不宾”，多次入侵，“数为寇害”；也有人说，是《魏书》；还有人说，是《博物志·异俗》。至于保子帝“攻青衣，雄张僚僰”，那是后人的表述，与“秦时明月汉时关”根本无关。秦那个时候，统统叫夷，西南夷。《礼记王制》：东夷、西戎、南蛮、北狄，统称“四夷”。

永昌郡在哪儿呢？永昌郡是东汉、蜀汉、晋、宋、齐、梁等王朝设置的，实际管辖范围随时代不同有所变化，总体位置涵盖今天云南省西部、缅甸克钦邦东部、掸邦东部。今天云南的北部是四川，东部是贵州、广西，西北部是西藏。总之，与今天的乐山隔了帽子远，与当时的南安到底沾不沾边呢？

这儿要多说几句，因为后面讲到嘉州属县、乐山历代移民的时候，要讲到专设管理僚人的县、讲到“僚人入蜀”。翻开史书，关于“僚人”，都没有准确的说法。只能凭这几句话，作一些非常有限的深挖。

“僚人”，隋唐后北方中原人把岭南的某支土著人叫“僚人”。之前不叫“僚人”，秦汉文献对百越的古越人，统统称为“越人”。从汉代后期开始，文献史载上，“百越”或者是“越人”一类称谓都没得了，“不见于文献史载”。

三国以后，“越族”的名称在文献记载中，虽然已经消失了，但是，隋唐文献中出现的“俚”“僚”等，都和古代“百越”有着密切的族源关系。隋唐后，“俚人”和“僚人”合并在一起，改称“俚僚”。当然，也有人说，汉代的时候，就已经“俚僚”并称了。

有了这么一层关系，实在也扯不清了。《隋书·地理志》："岭南二十五郡，处处有之。"当时的人就把"僚人"分为两大支系，"北僚"和"南僚"。"北僚"：指分布在四川、重庆、湖南、湖北，以及这些地方以北地域的"僚人"，包括南平僚、夷僚等等；"南僚"：指分布在广东、广西、云南、贵州等地的"僚人"，包括乌武僚、俚僚、峒僚、守宫僚、仡僚、土僚等等。

南安县的管辖范围，不仅与"僚"没有扯清楚，与僰、笮都、青衣羌的关系，也没有扯清楚。也就是说，今天归乐山市管辖的沐川县、马边彝族自治县、峨边彝族自治县、金口河区等，有多少地盘归南安管？

后人著史，常常根据著史时的情势、避讳等什么的，修改史书中的人名、地名、记载等什么的，历史就这样留下谜题，可以充分发挥想象力。于是，后一代人总是在前一代人的基础上，有所发现，有所创造。各种争鸣和讨论，都是有益的，有百利而无一弊的。也正是这种文字上的考古和推求，一步一步地逼近，才使得读史这样枯燥乏味的事情，变得有趣起来，十分有趣起来。

郑华 画

这儿，再圈一哈重点，方便精彩回放：

第一，南安县的设置到目前为止，仍然存在争议，有待于考古的新发现、新证据。没有新发现、新证据之前，四种假设都有自己的道理。但对任何一个地方的发展来说，始终都是“资格老不如福气好”，“长江后浪推前浪，前浪死在沙滩上”。过去的事儿，都是传说；现在的事儿，都是神说；未来的事儿，都是胡说。过去和未来都不说了，为什么不说现在呢？嘘！小声点。注意保密哦！千万、千万……

第二，南安这个名字，到底是因为“蜀郡极南”，还是以前有个“南安侯”，或者是代表蜀郡的南部已经安定？仍然是公说公有理，婆说婆有理。后人为什么不用南安？从谐音上说：南安——难安，寝食难安，一直难安，多让人着急和不舒服。罢了！不要！不要！还是不要！至于现在有地方确实叫南安，而且已经沿用了1500多年，那是承载了那儿的光荣与梦想吧！与乐山有什么关系呢？还是不说了吧！不说也罢！

第三，既然同时划归犍为郡管辖的武阳县建置时间不明确，那么，可不可以作这样的猜想，就是划给犍为郡的时候，因为之前有过南安或者是南安侯，所以就给他定了一个名字。这就像今天新建置某个区市县的时候，要从历史上去找一个觉得比较舒服、好听的渊源、说法一样。

比如，今天的乐山市中区就想改成嘉州区。为什么不改成南安区？或者是龙游区？历史，许多时候，就是这么诡异。历史，总是超乎人们的想象。因为，历史既要完成它资治通鉴的功能，也要为尊者讳，更要看当时的“肉食者”们好的究竟是哪一口。因此，不要从历史的随意性中去找答案。

第四，从汉南安侯、犍为郡南安县到721年（唐玄宗开元九年）废义州南安县。南安在乐山这个地盘上，存续的时间少则百年，多则千年，有多少故事、传说和人物，等待挖掘和整理。719 年（唐玄宗开元七年），将原属眉州（今眉山市）的洪雅县划出，另外设置义州。第二年，又将义州撤销，洪雅县仍改属眉州。南安县在义州的时间，只有可怜巴巴的 2 年。

2 年啊！来不及打个喷嚏，就已经结束了！历史就是这么的随性，随性到不敢想象。等你想象的时候，它已经张开了翅膀飞走了，只留下一丝生息，一丝回味，意尽未干。再回首，至秦时的模糊情景，汉武帝时代的清晰呈现，三国时的承袭，两晋开始的变动不居，南安的强劲版图，至少也维持了 374 年，要装下多少人、多少事啊！

两晋时，在今天犍为县境内搞出一个冶官县，有据可查的准确时间，是 414 年（晋安帝义熙十年），地盘包括今天犍为县、自贡市荣县的部分地区，行政中心（治所）在今天犍为县金石井镇——中国橘子小镇，有地理标志品牌。南安的地盘，就这样少了一块。这一块，到南北朝时，因为僚人的原因，才与南安县一起报废。具体报废的时间，有人说是北周，有人说是南齐，到隋的时候，又复置了。具体哪一年复置的，也不清楚！

南北朝时，今天乐山市地盘上的南安县和冶官县都不在了。僚人来啦！《南史·萧鉴传》：484 年（南齐武帝永明二年），萧鉴到成都担任益州刺史，发现“州城北门常闭不开”，就找人问了，部下告诉他：“蜀中多有夷蛮暴徒，有时抢掠竟到城下，因此将北门关闭，历任官员都相沿袭。”连州城尚且如此，更遑论其他郡县了！当然，这一块要放到乐山历史上的人口大迁移中去说，这儿就不啰唆了。

等到150年左右，南安县再次出现在今天乐山市的地盘上，这个时候，已经小到今天小县的形制了！而且在时间上搞得一团乱麻，一说，617年左右（隋恭帝义宁初），改置南安县于废县西。这个废县西，到底是南安侯封地还是南安县？夹江县？清嘉庆年间《夹江县志》：这个时候的南安县在今天夹江县木城镇、南安乡一带。这个废县西，应该是南安侯封地，也就是现在的夹江县。

一说：照今天夹江县木城镇的自我介绍，618年（唐高祖武德元年），他这儿就是唐时南安县的行政中心了！这一年在今天眉山市洪雅县设置犍州，管领南安、平乡二县。平乡县的行政中心，“治所”，在今天眉山市洪雅安县罗坝镇。

一说，这个犍州不是618年搞的，是626年搞的。626年（唐高祖武德九年），将原属眉州的洪雅县划出，改置犍州。但是，627年又撤销了。这太笑话了吧！618年，大概比较靠谱。可是，这里面有一段插曲。就是这个犍州估计是僚人置的。

根据是 720 年（唐玄宗开元八年），复以獠户置南安、平乡二县，属义州（行政中心在今天眉山市洪雅县）。次年（721 年），州废，两县一起并入洪雅。至此，南安县这个名字，从今天四川的版图上彻底消失了。再往前推，是 623 年（唐高祖武德五年），并到了洪雅县。

说了这么多废话，搅就搅吧！昏就昏吧！反正这一段时间，今天夹江县的木城镇有故事，留给以后说夹江细细述说。

第五，这个时代留给今天乐山的丰富的文化遗存，仍然耀世夺目，随便拿一个出来，都是重量级的。如石刻画像、石俑、陶俑、画像砖……动画、漫画、动漫、文创……都可以从中找灵感，求激发。只可惜除了少数人，多数人对这些东西提不起兴趣。

不管如何，多数还是保存着，遗存着，甚至还有一些传承着，这都要留到以后找个时间到今天乐山管辖的 11 个区市县的来龙去脉中去细说，方便有兴趣的人看到后，可以去寻访，可以去体验，可以去感受，可以去有所发现，有所创造。

第六，至少 420 年（南北朝）到 617 年左右（隋恭帝义宁初），今天乐山的地盘上没有南安县，名存实亡。动荡不居的年代，历史的随性就是这么大，大到让人目瞪口呆。

梁置青州，汉南安县在青州南。西魏废帝平属，改青州置眉州，汉南安县在眉州界内。北周初，以眉州复为青州，后改嘉州，置四郡，南安县废，被划分成3个郡：平羌郡、沉犀郡、齐乐郡西部地区，平羌郡辖平羌县、沉犀郡辖武阳县、齐乐郡辖洪雅县。除齐乐郡外，接下来立马介绍。

583年（隋文帝开皇三年）到593年（隋文帝开皇十三年），汉南安县地，被划分成了8个县，真的是大卸八块：咨官县（今天乐山市犍为县或者是自贡市荣县境内）、龙游县（行政中心在今天的乐山市中区）、峨眉县、夹江县、大牢县（行政中心在今天的五通桥区金山镇）、犍为县、玉津县（行政中心在今天的五通桥区牛华镇）、绥山县（今天的峨眉山市境内）。也就是这一年，今天乐山市管辖的区市县的名字，有三个现身，并且一直沿用到现今。

第一个是犍为。583年（隋文帝开皇三年），武阳县改犍为县，属今天宜宾市管辖（戎州）。当然，这个武阳县已经不是犍为郡的武阳县，而是563年（北周保定三年）搞沉犀郡设的武阳县。

第二个是峨眉。峨眉，也是583年（隋文帝开皇三年），平羌县改为峨眉县。后来，又在这个地盘上反复拨弄，但是，峨眉两个字始终都在。584 年（隋文帝开皇四年），分开峨眉县地，复置平羌县；589 年（隋文帝开皇九年），峨眉县改为青衣县，在今天的峨眉山市，另外设置峨眉县。

第三个是夹江。夹江，593 年（隋文帝开皇十三年），从平羌（今天的峨眉山市）、龙游（今天的乐山市中区）分出土地，在今天夹江县城的位置建夹江县。

接下来要说说南安时代的名人，许多是在今天乐山市管辖的区市县里对得上号的。当然，还有对不上号的。凡是感觉对不上号的，就在这儿顺带讲一讲。何开四在《乐山赋》中说，“南安五费，赫赫青史留名。”

费诗，字公举，生卒年不详。费诗做的有影响力的事大概如下：

一件是劝说关羽。219年（汉献帝建安二十四年）秋，刘备自称汉中王，派费诗去拜授都督荆州的关羽为前将军。关羽得知黄忠被任命为后将军，大怒：“大丈夫怎能与一个老兵同列！”因而，不肯受拜。费诗劝关羽：“建立大业的人，任用的都不只是一种人。当年萧何、曹参与汉高祖刘邦自幼有交情，陈平、韩信则是之后才归附的。论及他们的官爵次序时，韩信的爵位最高，但也没有听说萧何、曹参，因此有怨言。现在，汉中王因为黄忠一时的功劳，给予他很高的恩宠，但说到汉中王心中的地位，怎么会把黄忠与您等同起来呀！汉中王与您就像是同一个整体，忧乐同享，福祸共当。我认为您不应该在意官号的高低，以及爵位俸禄的多少。我也只不过是一个奉命行事的使者，如果您不肯接受任命，我这就马上回去，只是为您这样感到惋惜，恐怕您以后要后悔的。”关羽听后大受感动，并醒悟过来，当即接受了前将军的任命。

一件是向刘备进言。221 年（汉昭烈帝刘备章武元年），群臣商议，想要推举刘备称帝，费诗上疏反对：“殿下由于曹操父子逼迫天子并篡夺帝位，所以才客居万里之外，集合士卒大众，准备用以讨伐逆贼。今大敌尚未消灭，却先自立为帝，恐怕众人心中会感到疑惑啊！昔日汉高祖和项羽约定，先攻灭秦国的人可以称王。等到高祖攻陷咸阳，俘获秦王子婴，仍然怀有推让之心不愿称王，何况现在殿下仍未走出门庭，就想自立为帝呢！我实在认为殿下不应听取群臣的提议啊！”费诗因此违背了刘备的心意，被贬为永昌郡从事。

一件是向诸葛亮进言。225 年（蜀汉后主刘禅建兴三年春），费诗随诸葛亮南征四郡。这一年秋，南征取得胜利，费诗随诸葛亮来到朱提郡（今天云南昭通市）汉阳县（今天四川宜宾市高县庆符镇南）。当时，投降蜀汉的李鸿来拜会诸葛亮，得到诸葛亮的接见，费诗和蒋琬也同时在座。李鸿说："我前不久经过孟达住所，恰逢见到叛汉而来的王冲。王冲说您非常痛恨孟达，要诛杀他的妻儿，幸好昭烈帝（刘备）没有听从。孟达却说：'诸葛亮看事情能了解本末原委，终究不会这样做。'因此，没有相信王冲的话，并且对您倾心仰慕。我觉得孟达的心意已经不用再说了。"诸葛亮对费诗、蒋琬说："回到京城后，一定要给孟达写信，互相通报消息呀！"费诗当场反对："孟达这个小子，昔日对刘璋不忠，后来又背叛先主（刘备），这种反复小人哪里值得我们写信给他！"诸葛亮听后，沉默没有表态。但诸葛亮仍想引诱孟达作外援，以方便北伐，还是与孟达进行了通信。

费立，字建熙。晋代，举荐为孝廉，担任王国中尉（武职）。那个时候，王很年轻，喜欢微服四处游玩参观。费立经常板起脸教导批评，"正色匡谏"，甚至上书劝告，"及上疏风喻"，措辞与含义急切诚恳，完全符合箴言规劝的规范和要求，"深合箴言规劝之体"。后来，出任成都县令。成都县，是有名的难治理。费立到任后，不久就做出了成绩。凭借性格公正高洁，被征入担任州里的大中正。后转任巴西太守，不去就职。于是，转任梁益宁三州都督，兼尚书。正当皇帝大驾向西，临幸长安，费立经常与大臣居守在洛阳，被加官员外散骑常侍，封关内侯。

费立每次考评教导梁益宁三州人物，对于他们的品格褒贬，都是有啥说啥，一是一,二是二，不管与自己关系好不好。懂道理的人，“士人”，都很尊敬他。然而，没被褒奖的人们，大多恨他的衡量标准，多次向郡县提出辞职，都希望去河、泰、汝、颍等其他地方任职。一直这样下来，朝议就想把费立调到荆州担任刺史。

307 年（晋怀帝永嘉元年），刘渊遣石勒等大举南侵，屡破晋军，势力日益强大。308 年（晋怀帝永嘉二年），刘渊正式称帝，310 年（晋怀帝永嘉四年）刘渊死，子刘聪继位。次年，刘聪遣石勒、王弥、刘曜等率军攻晋，在平城（今河南鹿邑西南）歼灭十万晋军，又杀太尉王衍及诸王公。旋即大军攻入京师洛阳，俘获怀帝，杀王公士民三万余人。费立与儿子一同被胡寇所杀。

通观南安时代，还有费贻、伍梁、曹敬姬、谢姬……由记述过于简单，只有区区数十字，暂且按下不表。待有资料之后，再详细陈说。

总之，南安时代，是接近今天乐山市的管辖范围，甚至还要大的时代。当它只相当于今天的乐山市中区，大也大不了多少，小也小不了多少，就进入了嘉州时代。

嘉州时代的到来，要比南安的消失要早一些。

第三章

犍为，历史上的名气大得很

告诉一百遍了，读犍（qián）为，总是还有人读犍（jiān）为。

下次碰到再读错的，弄来打屁股。

“犍”字有两个读音，一个读 jiān，意思是犍牛，不是长得强壮的牛，而是被阉割过的牛。一个读 qián，地名。关于地名这个读音，当然就是为犍（qián）为量身定做的。

为什么叫“犍为”？一说是写错了！六朝（三国至隋代南方的六个朝代）之前，一直叫“楗（jiàn）为”。清郑珍《说文新附考》：犍为的犍，在汉碑中写的都是“楗”，如司隶校尉杨孟文“石门颂”，车骑将军冯昆碑，写的都是“楗爲”。六朝人开始把“楗”写作“犍”。因为偏旁字形相似，写了错别字！

“楗为”在历史上，只停留了西汉武帝到三国的时间?六朝中的哪一朝写错了呢?搞不清了！

楗，有两层意思：第一，插门的木棍子。今天，一些偏远山区，仍然用木棍子当门锁；第二，用来堵塞河堤决口的竹木土石等材料。

犍为人赖金普认为，犍为郡的犍为是捕象、驯象。《说文解字》：“楗，限门也。”段玉裁注：“月令，脩键闭。”

《慎管篇》注：“键，牡；闭，牝也。”

“键闭”，就是今天的木锁，“限门”就是安有活动机关的门槛，或者是陷阱。

“爲”，《说文解字》的意思是母猴。爲“母猴也。其爲禽好爪。爪，母猴象也。”

陆宗达（1905—1988）据象形文字，把“爲”解释为“人手牵象”(《解文说字通论》)。陆宗达的解释更贴近卜辞、古金文。

那么，犍为郡内有没有象呢？不但有象，而且很多。与犍为郡相邻的，还有一个象郡。秦代象郡的管辖范围，相当于今天广西西部、越南北部和中部。当时采用的方法：先在象群出没的地方设置装有活动机关的陷阱，把象引诱进去进行捕捉，进而驯化。

史书上说犍为郡是因山得名。《华阳国志》：今天贵州遵义那个地方，“鳖”，以前是夜郎的地盘，“故夜郎地”。“鳖”这个地方有一座山叫犍山，“鳖有犍山”，出处是《春秋保乾图》。犍为郡就是因为这座山得名的，“故犍为郡是因‘犍山’得名”。

《旧唐书·地理志·嘉州》：“犍为（县）：本汉郡，因山立名。（犍为县）旧属戎州（今四川宜宾）。上元元年，改属嘉州（今四川乐山）。”也证明犍为郡名的来历，是“因山立名”。

余龙 画

真的是“因山立名”吗？前面已经说过 N 遍，涉及治理的时候，所有的话都会变得含蓄，甚至是“羞答答的玫瑰静悄悄地开”。

犍为郡因山得名，也就罢了！到了今天的犍为县，也来一个因山得名。同样是《旧唐书·地理志·嘉州》，有人断章取义，只截取“因山立名”这四个字，然后在旁边说：犍为山，一名大鹿山。在今天犍为县东南岷江东。嘉庆《犍为县志》：犍为山“在县南十五里，形如伏犀。昔人以犍名县，盖象此山从犍牛之义。旧云：西南立石如牛，故为犍为”。把阉割过的牛用来当地名，让人匪夷所思！才把 jiān 读成 qián。

犍为人说犍为的时候，为了证明自己的悠久历史，往往要从犍为郡开始讲起。犍为郡，一共在历史上断断续续存续了 893 年。今天可以确认过眼神的，行政中心（郡治、首府）有“五个”：

第一个在鳖，今天贵州省遵义市一带，最初只管两个县：夜郎和南夷。鳖县在犍为郡的时间，说不长也长，说短也不短，大概就是 25 年。从公元前 135 年（汉武帝建元六年）设立犍为郡，到公元前 110 年（汉武帝元封元年）。但是，作为犍为郡的行政中心（郡治）的时间，实在是太短了，大概就是 5 年，相当于现在一届班子的任职时间。

为了搞懂这个鳖县，先说一下中华民族的语言特性。中华民族的语言特性，就是同音字儿特别特别多。

顺带插上一句闲话：上初中的时候，几年级记不清了，语文老师有一次硬说“太”字有 4 种读音，“tāi 胎”“tái

台”“tǎi 呔”“tàitai 太太”。全班当场笑愤。后来，有机会接触到各个地方的人，南腔北调的都有，到了要告诉别人姓名的时候，要么写出来，要么告诉别人，我是犍为的“犍”，不是金钱的钱，为了的“为”，不是包围的围。不然，就会整来左起（方言：偏了），甚至半边山。已经说到这个程序了，还是有人把“犍为”写成“前卫”。

话说回来，乐山作家罗家祥在《犍为郡》中说：“鳖灵”就是“鳖灵”“鳖令”就是“鳖灵”，这就说得通了，就把古蜀国开明王朝的建立者——鳖灵扯上来了，还振振有据：张衡《思玄赋》“鳖令殪而尸亡兮，取蜀禅而引世。”唐李贤注“鳖令，蜀王名也。令音灵。”《水经注》引三国来敏《本蜀论》：“荆（楚）人鳖令死，其尸随水上，荆人求之不得。令至汉山下，复生。起见望帝。”“鳖令”一词中，“鳖”是地名，“令”就是“一把手”，当地的最高行政长官，主要负责人。

比如，汉代那个审食其，读音是 shěnyìjī；郦食其，读音是 lìyìjī；……想想，有道理，确实有道理，不是强词夺理，绝对不是强词夺理，完全可以顺藤摸出瓜来，摸出一个大瓜来，解开数千年没有解开的谜底，去掉种种的疑惑和块垒，填补历史的空白，居功至伟，贡献尤大。

第二个在南广，今天云南省昭通市镇雄县、威信县、盐津县一带，作为犍为郡的行政中心（治所）的时间，大概是43年，公元前130年到公元前87年。公元前111年（汉武帝元鼎六年），管辖范围扩大到了12个县：武阳（彭山）、南安（乐山）、僰道（宜宾）、江阳（泸州）、牛鞞（简阳）、资中（资阳）、符县（合江）、南广（云南镇雄、威信）、朱提（云南昭通、鲁甸）、郁邬县（云南宣威）、堂琅（云南东川、会泽、巧家）、汉阳（贵州赫章、威宁）。分明可见：把犍为郡与乐山摊上关系，从此之后，不离不弃，也就是公元前111年以后的事，只不过当年那场光棍节，至今少了一个“1”。

《华阳国志·蜀志》：“（汉武帝）元光五年（公元前130年），郡移治南广。”为什么要把犍为郡的行政中心（郡治）迁到这儿呢？道理很简单，简单得不能再简单，因为这个时候，要修建今天宜宾市（僰道）到云南省曲靖市（朱提）等地的交通要道——“五尺道”。

“五尺道”，相当于现在1.1米宽的路。虽然，秦代就已经“车同轨、书同文、行同伦”，但是，要推广普及到旮旮旯旯，需要时间，需要财力、物力、人力等等。把犍为郡的行政中心迁到今天四川与云南两省交界的地方，说时髦点，叫“指挥所前移”，直接在一线设立指挥部，坐镇指挥！

一上来就说南广在今天宜宾市内，是把2个南广县搞混淆了！作为犍为郡的行政中心（郡治）这个南广，是唐蒙为了修“五尺道”设立的，时间大概是公元前130年。这个南广，在犍为郡内存续的时间，大概是343年，从公元前130年到213年。应该说是足够长，长到了经历几代人，书写和记载再不准确，也跑不到半边山（方言：很远。）去。

这个南广县，是什么时候才不属于犍为郡的呢？是214年（汉献帝建安十九年）。归谁了呢？改属朱提（shūshí）郡了！214年（汉献帝建安十九年）改犍为属国为朱提郡，行政中心在今天云南省昭通市一带（朱提县），管辖范围除了今天云南省昭通市一带的朱提县，还有今天四川宜宾市高县庆符镇南的汉阳、云南省昭通市镇雄县一带的南广、云南省昭通市巧家县老店镇一带的堂琅、云南省昭通市威信县、镇雄县一带的南昌，一共是5个县。

当然，朱提郡管的5个县，都是从犍为郡划出去的，与犍为郡有边界相连的关系，容易让人搞混，用不着大惊小怪的。说到朱提郡，顺带要说一下益州。这样，才能加深理解。朱提郡的顶头上司是益州，不是犍为郡。

那个时候的益州，莽（方言，指大、广）得很，最大范围（三国时期）包含今天四川、重庆、云南、贵州，陕西汉中大部分地区以及缅甸北部，湖北、河南小部分，行政中心在今天的成都。最小的那会儿，也管着 14 个郡：蜀郡、犍为郡、朱提郡、越巂（xī）郡、牂柯（zāngkē）郡、建宁郡、永昌郡、汉中郡、广汉郡、梓潼郡、巴郡、巴西郡、巴东郡、益州郡等郡，下辖 146 县。而且，很多县都是莽墩儿县，一个要等于现在的几个，甚至是十几个。

回到今天宜宾境内这个南广。今天宜宾市境内这个南广县，是什么时候设立的呢？是 544 年（梁武帝大同十年），比朱提郡（今天云南省）那个在时间上晚了 330 年，过了几代人了。归哪个管呢？归“六同郡”。行政中心在哪儿呢？在今天宜宾市郊的南广镇一带。

更为重要和关键的是，这个时候，犍为郡都已经废除 43 年了！北周的时候，宜宾境内这个南广县的行政中心，又迁到今天宜宾市郊的李庄镇。583 年（隋文帝开皇三年），属戎州（今天宜宾市）。602 年（隋文帝仁寿二年），因为避讳，改为南溪县。

避讳，按今天的解释，至少有 7 层意思：

第一层意思：回避；避忌。例如：唐张鷟《游仙窟》："十娘有一思事，亦拟申论，犹自不敢即道，请五嫂处分。"五嫂说："但道不须避讳。"这句话的意思是，不敢直接写出来，请五嫂决定。五嫂说，没得啥子，随便写。

第二层意思：帝制时代对于君主和尊长的名字，必须避免直接说出或写出。例如："始皇名政，别人一定要避讳。"就是说，秦始皇的名字是嬴政，其他人就这两个字都不能说，更不要说是用来取名什么的。因为避讳改为南溪县，就是这层意思。史书里面更是特别多。以后有机会要说的"庄道铜山"改为"严道铜山"，就是为了避汉明帝刘庄的讳。

第三层意思：修辞学上的辞格之一。说话时遇有触犯忌讳的事物，不直说该事该物，而用别的话来委婉地表述。例如：船工碰到"翻""沉"等字眼，就要用另外的字来代替，甚至连类似的读音都不能有。煤矿工人也有许多这样的字词音之类的忌讳。

第四层意思：隐晦的事。例如：东方朔《七谏·谬谏》："恐犯忌而干讳"。

第五层意思：在死者名前称讳，表尊重。例如：韩愈《柳子厚墓志铭》："子厚讳宗元"。柳宗元，字子厚。说柳宗元的字——子厚，就是尊重。现在一个人的姓和名、字一般都没有专门分开，古人不同了，凡是有点头脸的，或者是读书人什么的，不但名与字要分开，还要整出一个或者几个号来。如李白，姓李，名白，字太白，号青莲居士。

第六层意思：不愿说出或听到某些会引起不愉快的字眼。类似说到第三层意思的时候说到的，船工避讳“翻”“沉”等一类字眼。

第七层意思：回避。例如：都是自己人，用不着避讳。

重点又来了！607 年（隋炀帝大业三年），宜宾境内这个南广县，又归犍为郡管辖了。618 年（唐高祖武德元年），是今天宜宾市的行政中心，“为戎州治所”。632 年（唐太宗贞观六年），戎州的行政中心，“治所”，又迁回今天的宜宾市，南溪县成为管辖的县，“属县”，并改名僰道县。

历史上，这两个建置时间不同的南广县，地域上是很容易分辨的南广县，被搞混，是因为今天的云南，当年朱提那个南广县在废的时间上不确切，只是知道在晋代以后才废了，“历晋代，后废”。

晋代与南北朝在时间的转换上，因为地域关系，因为政权动荡，可能弄出一个时差来，一个先后来，一个长久来。云南那个消失，四川这个诞生，似乎就成了无缝对接，让很多人傻傻分不清了。

余龙 画

第三个在僰道，今天宜宾市。犍为郡的行政中心（郡治），在这儿的时间，一共是 114 年或者是 124 年。前前后后一共有 3 次，最短的一次，只有 8 年，或者是 18 年。

第一次大概是 95 年，从公元前 86 年（汉昭帝始元元年）到公元 9 年。《华阳国志·蜀志》："孝（汉）昭（帝）元年（公元前 86 年），郡治僰道。"为什么会把犍为郡的行政中心移到这儿呢？因为，公元前 182 年（吕后六年）西汉政府在今天宜宾（僰道）和雅安（青衣）设关市，管理贸易。也就是说，这一次主要是管理贸易的需要。

第二次是 8 年或者是 18 年。483 ~ 493 年（南齐武帝时）犍为郡的行政中心（郡治），第二次到宜宾一带（僰道），501 年（东昏侯永元三年）郡废；这个时候，只管 2 个地方，一个是僰道，而且把僰道改为戎州，一个是南广。

第三次是 11 年，607 年（隋炀帝大业三年），不要戎州这个名儿，“罢戎州”，恢复犍为郡，“复置”，管辖的地域没有变，还是原来的戎州、南广，行政中心也没有变，“治地不变”，还是在宜宾。这个犍为郡什么时候废的呢？618 年（唐高祖武德元年），废隋置犍为郡。

第四个在武阳，今天眉山市彭山区一带。这个武阳，作为犍为郡的行政中心（郡治）的时间，长达 460 年甚至是 470 年。王莽于 9 年建立“新”朝，犍为郡改称西顺郡，迁治武阳（彭山）。

一共管辖 11 个县：武阳（彭山）、资中（资阳）、牛鞞（简阳）、南安（乐山）、僰道（宜宾）、江阳（泸州）、荷节（符县，合江县）、汉安（内江）、南广、朱提县（云南昭通）、汉阳县（贵州威宁县）。比在南广，也就是朱提（今天云南省昭通市一带）时，少了 1 个县。

23 年（汉更始帝更始元年）复称犍为郡。

更始帝是谁呢？更始帝是绿林军领导王匡、王凤等人拥立的刘玄。更始政权存在的时间，也就是 2 年左右（23—25 年）。这期间，存在的其他政权年号，有地皇，也就是新王莽政权的年号；有汉复，也就是隗嚣、隗纯的年号；有建武，也就是汉光武帝刘秀的年号；有龙兴，也就是公孙述的年号；有建世，也就是刘盆子的年号。

三国时，领五县：武阳（彭山）、南安（乐山）、僰道（宜宾）、资中（资阳）、牛鞞（简阳）。

东晋时，领县有：武阳（彭山）、南安（乐山）、僰道（宜宾）、资中（资阳）、冶官（从南安划出来的，在今天犍为县金石井镇）。

之所以要如此详细地罗列出来，是为后面的阅读作一些铺垫。不是无关，而是有关，非常有关。只有如此细看过了，很多地方才有可能一目了然。

再详细介绍一下武阳县，也是为了防止犯蒙，读起来不吃力、不费劲。

历史上一共出现过 3 个武阳县。2 个在四川，一个在今天山东莘县一带。四川这 2 个，第一个在今天眉山市彭山区一带，第二个在今天犍为县清溪镇一带。犍为县这个，留到以后说犍为的时候去说。

说彭山这个，唐李吉甫《元和郡县志》卷 23：“犍为故城在（彭山）县西北五里，汉犍为郡也。”《太平寰宇记》卷 74：“故武阳城在（彭山）县东北十五里，相传云秦惠王时张仪所筑。”《后汉书》犍为郡的行政中心（郡城）与武阳县的县城是两座城。有人说，郡城在后来张献忠沉银那个地方。

第五个在嘉州，也就是今天的乐山市中区，这是犍为作为郡最后一次登上历史舞台。只存在了短短的 16 年，更有趣的是，沿袭至今的这个犍为县，这段时间竟然不归犍为郡管。742 年（唐玄宗天宝元年）改嘉州为犍为郡，758 年（唐肃宗乾元元年），废犍为郡，恢复嘉州这个名头。从此往后，历史上再也没有出现过犍为郡。

这段时间，犍为县跑到那儿去了呢？宜宾。544 年（梁武帝大同十年），改僰道为戎州（宜宾），辖今犍为县地。563 年（北周武帝保定三年），在原南安县（后面才说管辖范围）境设置沉犀郡，立武阳县。583 年（隋文帝开皇三年），废北周所置沉犀郡，改武阳县为犍为县，属戎州（宜宾）。615 年（隋炀帝大业十一年），治所未变，并分出北部县地设置玉津县（今五通桥区一带）。618 年（唐高祖武德元年），犍为县属戎州。

因此，可以确认，完全可以确认，至少 605—617 年初（隋炀帝大业年间）到 618 年，以及 742—758 年，犍为县都没有在犍为郡里。直到 760 年（唐肃宗上元元年），才将犍为县划归嘉州。

如果有兴趣，想更全面、更详尽地了解这段历史，可以去翻查《汉书》《后汉书》《晋书》《宋书》《南齐书》《华阳国志・蜀志》等对犍为郡的记载。不过今天，从犍为郡行政中心（郡治、首府）迁移、废立的历史中，分明可见的是：

行政中心的迁移，确实可以带来一个地方的发展繁荣，但是，行政中心迁走之后，如果没有其他的“中心”——经济中心、文化中心、交通中心、军事中心……可能会逐渐萎缩得连影子都找不到！

看到这儿，是不是有点蒙圈？那好，抛开这段记述，回到犍为县来。历史上，犍为作为县出现，是在两个不同的地方，时间也不同。第一次出现在今天眉山市的彭山区境内，544 年（南朝梁大同十年），改灵石县为犍为县（一说江阳县），属江阳郡。存在了不到 10 年时间，553 年（西魏废帝元钦二年），就撤了。因为与今天乐山市管辖的地盘儿无关，就不去细说了！

余龙　画

第二次，就是今天的犍为县了！ 583 年（隋文帝开皇三年），沉犀郡废，改武阳县为戎州（今宜宾市）犍为县。这样说来，犍为县继承了犍为郡这个响当当、当当响的名字，好像有点巴谱（方言，指靠谱）。

总而言之，从 583 年起，犍为这两个字作为县名，一直非常坚挺，到今天已经是1430多年了！如果不是管辖范围分分合合、合合分分，该有多少故事可讲！

现今的犍为县，实际上是从早前南安县划出来的，什么时候划出来的呢？563年（北周保定三年），在今天犍为县境内置沉犀郡，设置武阳县，而且沉犀郡只管武阳这一个县。管辖范围，比今天犍为县的地盘儿，要大好几个。最大时，包括了今天五通桥区以及沙湾区、井研县、沐川县、马边彝族自治县的部分区域。

这个沉犀郡和武阳县，存在的时间只有20年。583年（隋文帝开皇三年），就废了，改武阳县为戎州（今宜宾市）犍为县。沉犀郡的行政中心（郡治）在今天犍为县清溪镇的沉犀坝。

这个沉犀，至少有三种说法。

一种是说李冰曾经在这儿治水，治完水后，用石犀牛来压水怪，“李冰沉犀以厌水怪处”。依据就是《华阳国志》：李冰在今天成都市内治水，曾经弄了五头用石头雕刻的犀牛。“外作石犀五头，以厌水精。穿石犀溪于江南，命曰‘犀牛里’。后转置犀牛二头，一在府市市桥门，今所谓‘石牛门’是也。一在渊中。”唐代大诗人杜甫写过《石犀行》：

君不见秦时蜀太守，刻石立作三犀牛。

自古虽有厌胜法，天生江水向东流。

蜀人矜夸一千载，泛溢不近张仪楼。

今年灌口损户口，此事或恐为神羞。

终藉堤防出众力，高拥木石当清秋。

先王作法皆正道，鬼怪何得参人谋。

嗟尔三犀不经济，缺讹只与长川逝。

但见元气常调和，自免洪涛恣凋瘵。

安得壮士提天纲，再平水土犀奔茫。

陆游《笔记》：“石犀，在李太守庙内东阶下，亦粗似一犀，正如陕之铁牛。一足不备，以他石续之，气象甚古。”

《全蜀总志》：“李冰五石犀，在成都府城南三十五里。今一在府治西南圣寿寺佛殿前，寺有龙渊，以此镇之。一在府城中卫金花桥，即古市桥也。”问题是李冰究竟在没有在今天犍为县清溪镇这个地方治过水呢？

一种是说因为犀牛在这儿渡江的时候沉没了，所以就叫沉犀。《旧经》：“有犀牛渡江而沉。”古代犍为有没有犀牛呢？不但有，还多。《华阳国志》里的蜀地特产：“其宝，则有璧玉，金、银、珠、碧、铜、铁、铅、锡、赭、垩、锦、绣、罽、氂、犀、象、毡、毦，丹、黄、空青、桑、漆、麻、纻之饶。”巴地特产：“桑、蚕、麻、纻，鱼、盐、铜、铁、丹、漆、茶、蜜，灵龟、巨犀、山鸡、白雉，黄润、鲜粉，皆纳贡之。”南到越嶲郡的会无县（今天会理县）一带也有犀牛。左思《蜀都赋》：“于前则跨蹑犍（为）、牂（柯），枕倚交趾。经途所亘，五千余里……孔翠群翔，犀象竞驰。”

余龙 画

一种是说有一块石头长得像犀牛。沉犀秋月，是老的“犍为八景”之一。《犍为县志》称：“每当皓魄当空，波心印月，不减西湖三潭之胜。”沿着清溪镇的边沿，在马边河上逆行数里，就是沉犀山。山下有沱，沱不大，水不深，远离闹市，风清气爽。有岩石状如犀牛，就叫“犀牛沱”。加上秋月皓洁，河水清冷，故名“沉犀沉月”。

清溪镇，宋元明为犍为县城360年。如今，沉犀坝仍有沉犀郡遗址、犍为学宫遗址、清代“沉犀秋月”崖刻、清代节孝牌坊、古沉犀坊遗址、沉犀洞遗址、牌坊坝沿岸筒车群遗址等。

今天犍为的几大招牌，一个是嘉阳小火车。特别之处在于：

一是中国自主生产的。1952年，中国才可以自行生产蒸汽火车。嘉阳煤矿蒸汽小火车，1958年从石家庄蒸汽机车辆厂出厂，1959年7月12日正式投入营运。

二是保持了蒸汽火车刚诞生时的模样。以原始的蒸汽机车为动力，整车运行全靠手动，像1825年出道时那样：道岔用人工扳，信号靠人挥动红绿旗，甚至车厢与车厢间的挂钩，也靠人工用插销来连接；轨距只有 76 厘米（寸轨），只有普通列车轨距的一半左右，还没有沾上米轨（100 厘米）的边儿。

三是掉头的设计是詹天佑的创造。嘉阳小火车沿途要穿越 6 个隧道，转 106 个弯，最大坡度 36.1°，相对高差（最高与最低）238.1 米。时速一般 20 公里左右。最小转弯半径只有 70 米，不能掉头，就在几个“人”字形的叉道上掉换机头，加煤加水。当然啰，这种火车掉头的设计，不是舶来品，而是“中国铁路之父”詹天佑的创造。

2018 年初，芭石铁路（嘉阳小火车）入选中国工业遗产保护名录。芭石铁路，主要有跃进站、蜜蜂岩、老鹰嘴、菜子坝、亮水沱、黄村站等景点。各种花和蒸汽喷出来后形成的彩虹，已经成为嘉阳小火车旅游的标配。

国内唯一专门用于观光体验的真实矿井——黄村井，以及具有中西合璧建筑特点的原生态小镇——芭蕉沟等矿业遗迹，被专家认为是中国煤炭工业发展的“活体里程碑”和“实体博物馆”。

芭沟古镇，位于乐山市犍为县城西北 30 公里的芭蕉沟，因一块石头形似芭蕉树而得名。1939 年，中国第一家中英合资煤矿——中福煤矿，从河南焦作迁到芭蕉沟，改为嘉阳煤矿。镇上因此有了英式建筑。

英式建筑群共 5 栋，建筑面积达 663 平方米，都是一楼一底的砖木结构，二楼的每间房的屋顶都有小天窗，是典型的英式民居风格。

20 世纪 50 年代，苏联专家又来参与嘉阳煤矿的管理，在此建起了苏式建筑群。

苏式建筑群一共 7 栋，建筑墙体厚重、布局紧凑，有着青石台基和单檐悬山式屋顶，是典型的苏式风格。

马庙古镇，位于犍为县西北部马边河畔，以旧有“马庙”而得名。马庙古镇地处嘉阳桫椤湖景区核心区域。在桫椤湖边半山腰上，从船中仰望，五条雄秀的山脉如同五匹骏马，直奔马边河，这就是传说中的“五马奔槽”。

20 世纪 30 年代，芭蕉沟的原煤销往岷江下游，需用人力轨车从芭马峡运到这儿上船。

今天，还有马帮驮运煤炭的古道遗迹、马王庙遗迹以及古码头、古堡、土筑碉楼、吊脚楼、马庙革命烈士纪念碑等。

一个是罗城古镇。罗城古镇，位于犍为县东北部，距乐山市60公里，距犍为县城25公里。居住着汉、回、彝、满、藏、黎、苗7个民族。曾是军事要地，明、清两代都是屯兵制夷的“军事铺”，故称“罗城铺”，镇西的营盘山就是当年的屯兵之地。

有关罗城古镇的来历，比较流行的说法有两种：

一种是：明末时，当地一棵大榕树下有两间茅屋，房主姓欧，为附近农民出售或交换耕牛提供场所，称为“调市”。后来，牛市交易不断发展，交换的货物品种扩大到盐、铁、布、米、油等。人气旺了，欧姓人又修了几间房子开办客栈、饮店、形成了一个“幺店子”（方言：路边小店。）。

眼看欧姓人整得好，捱邻的杨姓人认为：这个地方是杨家的地盘，想加入市场。但是，欧姓人不答应，双方争执不下。欧姓人觉得应该给这个市场取名，有别于杨家湾。

生意人来自东南西北，东南西北古称“四维”，“四维”合而为“罗”。正是这个“罗”字，可以招揽四方来客，达到兴旺集市的目的和愿望。“城”呢？明代把最先居住在那儿的人，叫“土人”，集市又是靠他们的辛勤劳动修建起来的。因此，取了“罗城”这个名字。

一种是：纪念罗成。罗成，是隋唐系列小说中的一个人物。就像《亮剑》中的李云龙，虽然从来就没有过真实的存在，但是，多数人都信了，在史书上找原型。而且，真还找到明万历年间的小说《大唐秦王词话》，里面提到："罗成，字士信。"。

罗士信（约600—622年），今山东济南（齐州历城）人，隋末唐初时期猛将。原来是隋朝齐郡通守张须陀部将，随张须陀征讨农民起义军。后来，归降瓦岗军，被授以总管之职。在与王世充交战时，重伤被俘。后因不耻王世充，率部降唐，被拜为陕州道行军总管，枪刺王玄应，智取千金堡，随李世民平定洛阳，进封绛州总管、郯国公。622年（唐高祖武德五年），罗士信在洺水之战中城破被俘，被刘黑闼杀害，谥号勇，葬于北邙山。

《隋史遗文》《隋唐演义》等古典小说中，罗士信的事迹基本与正史吻合，只是增加了罗士信早年与秦琼结义，后来为了保护秦母反出山东等情节。《说唐》中虽然没有罗士信，但是小说中的虚构人物罗成，就是以罗士信为历史原型。

传说罗成死后，他的后裔逃来四川并到这儿定居，修了一座"罗成庙"祭祀祖先。距罗城古镇东南1公里的地方，确实有一座"罗成庙"。至今，还可以找到"罗成庙"

遗迹。

罗城古镇座落在一个椭圆形的山丘顶上，主街为船形结构，俗称“船形街”，始建于1628年（明崇桢元年），至今仍保留着部分明清时代老四川文化的人文风貌。

“船形街”东西长，南北短，很象一把织布的梭子，有人说是“云中一把梭”。从高处俯视，又象是一只搁置在山顶上的大船，街面是船底，两边的房屋建筑是船舷，中部的戏楼是船舱，东端的灵官庙好似大船的尾篷，西端的天灯石柱恰似大船的桅杆，灵官庙右侧长22米的过街楼犹如船舵。登高远望，会看见这只气势宏伟、奇异独特的大船正劈波斩浪，扬帆启航。因此，又赢得了一个美称：“山顶一只船”。1982年，澳大利亚人依样在墨尔本建造了一座“中国城”，罗城古镇从此名扬海外。2001年，联合国教科文组织官员称罗城古镇为“中国的诺亚方舟”。

之所以要修成船形，是因为明末崇祯年间，有个外地人张秀才来到罗城，坐在茶馆里喝茶，看到茶客们一个个唉声叹气，临行时还把茶杯里的水喝得一干二净，便向邻座的一位老人打听原由。老人叹息一声：“这镇上缺水呀！”张秀才沉默良久，念出四句口诀：“罗城旱码头，客商难久留。

若要不缺水，罗城修成舟”。众人齐声赞叹，一致推举急公好义的张秀才当造船（也就是建房）的领头人。张秀才带领数百名能工巧匠，大兴土木，撤旧屋建新房，不到三年时间，大“船”便修成了。毗邻四州八县的人，听说这山顶修了一只大船，纷纷远道而来看稀奇。

其他犍为好耍的地方和历史，要等有机会的时候，在另外一本书里说了！值不值得期待，值得期待！非常期待。

第四章

嘉州，大家都在争到叫，叫到今天没叫回

579年（北周宣政二年），同时冒出两个由来不同的嘉州，一个因为『郡土嘉美』，一个因为『紧邻汉嘉旧县』。这一段的历史有点长，要把嘉定路、嘉定州等的历史放在里面一起说。

北周宣政这个年号，使用的时间非常短，大概就是一年多。578 年，宇文邕搞了一个宣政的年号。579 年正月，他死翘翘之后，就自动作废了。可是，那个时候信息传递慢，就像蜗牛爬，以至有些地方好几年后，还在用宣政这个年号。

这就难怪，“郡土嘉美”这个嘉州说 579 年是北周宣政二年，而“紧邻汉嘉旧县”这个嘉州说 579 年是北周宣政元年。只有一墙之隔，信息差就这么大？不是。那是什么呢？是这个时候，正处于南北朝分裂时期。郡县、名称调整变更，让人眼花缭乱。同一个地盘，同一片天地，为了显示自己的正统地位，都要用自己情感上最认同的理由来命名。哪怕是同一拨人占领的，也要分个先来后到，以便显示自己的功绩，也就导致了 579 年同时冒出两个嘉州。

既然是同一年冒出来两个嘉州，接下来的一些关系还是要罗列清楚，才能变得好看。先说哪一个呢？先说“郡土嘉美”这个。

余龙　画

“郡土嘉美”这个，肯定在乐山。这个郡是什么郡呢？平羌郡。这个平羌郡是 561 年（北周武帝保定元年）设置的，之前（547—549 年）就设置过一个平羌郡。之前设置的这个，留到“紧邻汉嘉旧县”去说明白。

“郡土嘉美”这个嘉州存续了 22 年，583 年（隋文帝开皇三年）废，郡的行政中心在今天乐山市中区境内，管辖范围有争议，因此有故事，接下来会龙门阵慢慢摆。

这个平羌郡的名字来源于平羌县，平羌县呢又来自平羌水。因此，需要绕很大、很大一圈，才有可能读懂这一段文字，请保持耐性，谜底马上揭开。

翻开今天的《乐山市中区志》，记载平羌郡这一段的时候，说："北周置嘉州，取'郡土嘉美'之意，在乐山设置平羌郡平羌县管理僚人，今市中区为南安县、平羌县地"。重点，重点，重中之重的重点，"今市中区为南安县、平羌县地"。也就是说，今天的乐山市中区，当时是南安县和平羌县的地盘，而不是一个县的地盘。

讲南安时代的时候，已经说过，这个时候，南安县已经不在了！被分成至少 3 个郡了！平羌郡、沉犀郡全部，齐乐郡西部地区。为此，可以确定平羌县的行政中心，不在今天乐山市中区的地盘上。

在哪儿呢？在今天的峨眉山市或者是夹江县。为了明白，下面分说。

《峨眉山市志》记载：561 年（北周武帝保定元年）正式建平羌县。讲南安的时候，已经说过：583 年（隋文帝开皇三年），平羌县改为峨眉县。似乎可以从这个时间倒推回去，确定当时平羌县的行政中心在今天峨眉山市境内？

《夹江县志》谈到这一段的时候，说："县为平羌郡之平羌县地"。584 年（隋开皇四年）起，先后为峨眉县地、青衣县地和龙游县地。也就是说，在平羌县存在的日子里，今天的夹江县当时都归平羌县管辖。

也就是说，561 年设立，583 年废掉的这个平羌县，管辖范围或者是地盘相当于今天的乐山市中区、峨眉山市、夹江县以及沙湾区部分地域。

这个地域范围内，山有峨眉山（1996 年被列入世界文和自然化遗产名录）、平羌山（今天夹江县境内的千佛岩景区，当然东风堰也在这儿。东风堰 2014 年 9 月 16 日被列入世界灌溉工程遗产名录，这可是比都江堰还要早几年的事情），凌云山（唐代建了今天的乐山大佛。乐山大佛与峨眉山一起，1996 年被列入世界自然和文化遗产名录）、乌尤山在不在，要打一个问号，一个很大、很大的问号。

水有岷江、青衣江、大渡河，虽然那个时候还没有乐山大佛、没有峨眉山万年寺 62 吨铜铁佛像、东风堰等等这些人文景观，但是，单就自然山水而言，确实是“郡土嘉美”。

话还没有说完。平羌县的来历，也有两说：一说以平羌水为名；一说以平羌山为名。没有谁对谁错，只是历史在不同的时间段内，给出不同的定义。

平羌水在那儿呢？现在大家扯得很浑！历史记载也是公

说公有理，婆说婆有理。唐《元和郡县志》说：“青衣水，一名平羌水。”从何而来？没有说。清《读史方舆纪要》说：得名于诸葛亮平“羌”。还有说是东汉的，184年。184年，羌民大起义，时间长达两年之久。起义被镇压后，改青衣江为“平羌江”。是不是这么一回事呢？

《元和郡县志》没有说。《读史方舆纪要》成书比《元和郡县志》晚将近900年，很难说！往之前找，汉《益州记》说：“平乡江东经峨眉山，在南安县界”。南北朝时期，北魏郦道元《水经注》说：“青衣水经平乡，谓之平乡江。”也就是说，在《元和郡县志》之前，只有“平乡”，没有“平羌”。

再来看北周这位武帝，真名叫宇文邕，在位时间是560—578年。历史记载，他在汉南安的地盘上干的一件事情，就是“攘却夷僚”。而这一带，在古蜀时代，正好是“青衣羌国”的地盘。在这个地盘上，设置一个县和郡来管理僚人，还有什么名字比“平羌”这两个字更合适呢？

从地理位置来说，正好是平乡江这一段，具体位置在今天夹江县与眉山市洪雅县之间。宋《太平寰宇记》“平羌水，上源曰邛崃水，又名‘平乡水’。西北至严道县流入，至眉州洪雅县界下。又名‘青衣水’”。100多年后，还在这儿搞过一个平乡县，那是后话，留到其他地方去说清楚，这儿就不啰嗦，以免搅了正题。

平羌水说清楚了，再说平羌山。平羌山这个说法，要比平羌水那个说法晚 22 年。583 年（隋文帝开皇三年）改平羌县为峨眉县。《太平寰宇记》说，这个时候的平羌县是因为平羌山而得名的，“因平羌山为名”。它的行政中心在哪儿呢？ 584 年（隋文帝开皇四年）的时候，在距离今天乐山市中区六十里的地方。隋代的一里大约等于现在的 540 米，也就是今天 32 公里多一点，这就比较好找了。

余龙 画

同样是《读史方舆纪要》：平羌山在“县西十五里。山高广，下瞰平羌江。后周以此山名县”。《太平寰宇记》记载：“平羌化山在县西一十里。《图经》云：天下二十四化，此其一也。道士常正一得道此山，丹灶履迹存。”

到此，先离开一会儿，然后，再书归正传。因为很多人看到这里，搞不清楚“天下二十四化”是什么，也就不知道平羌山的准确位置究竟在哪里，所以，必须绕一个弯，一个大大的弯，才能回来。这，也是增加学问的好办法。

“天下二十四化”，与“二十四治”是同一个意思。“治”，是道教用以祀神、修道、传教以及举行斋醮（道教仪式）等祝祷祈禳仪式的据点，各个“治”都有固定的建筑物。因此，含有管理、有序、安定、文明的意思。

《易经·系词下传》记载：“上古结绳而治，后世圣人易之以书契，百官以治，万民以察。”因此，“治”是天师道在各个辖区的管理中心，在“治”中设立“祭酒”管理人员职位，也称“都功”，总理辖区的所有事务。

“天师道”的“治”，在汉代和三国时期称“治”，两晋时期或称“庐”，或称“治”，或称“靖”，又作“静”。南北朝时期，南朝称“馆”，北朝称“观”，个别称寺，唐朝都叫“观”。唐、宋以后，规模较大的道教活动点称“宫”或“观”，后来，主祀民俗之神和相关历史人物的建筑称之为“庙”或者“祠”，一直延续至今。

根据天师道的“二十四治”的大小和影响，分为上八治、中八治、下八治，对应的是二十四个节令，合的是天上的二十八宿。

《三洞珠囊》卷七引《二十四品治》下品八治载：“第五，平刚治。山在犍为南安县，去成都一百里。”宋王象之《舆地纪胜》载：“平岗化在夹江县西十五里，本名平羌山。”又云：“化山在夹江县西三十里。”这个“化山”就是平羌化（治）山。

唐代以前，“平刚治”，最早设立在今天雅安市芦山县灵山的灵泉，又名“灵泉治”。之后，迁移在今天眉山市的洪雅县。至今，洪雅县有旧址道观“五斗观”。晚唐之后，又迁移到犍为郡的南安县，今天乐山市夹江县的“依凤岗”，有“紫府洞”道教古迹。后来，“平刚治”还迁移到今天内江市的资中县、新津县的平岗村等地。

终于绕回来了，平羌山在今天乐山市夹江县的“依凤岗”。

“依凤岗”在今天夹江县东风堰（千佛岩）这个位置。

之所以说东风堰，大家都懂的。来龙去脉，要留到以后细说夹江去揭晓。

回到“依凤岗”。“依凤岗”，在今天的千佛岩景区。千佛岩景区东起聚贤桥，西至金像寺，北抵大观山，南达依凤寺。这也符合《舆地纪胜》在今天乐山市中区北三十里的记载，“在龙游县北三十里”。

留下的秘密，如果有兴趣的话，最好还是到实地去看吧。

“郡土嘉美”这个抖伸展了，接下来抖“紧邻汉嘉旧县”这个。

“紧邻汉嘉旧县”这个，是青州改嘉州。这个青州，离乐山最近的一次562年（北周武帝保定二年），分今天眉山市南部的平羌郡新置青州。再往前是南梁太清年间太清是梁武帝萧衍（464—549年）使用的第七个年号，存续时间大概就是2年多（547—549年）。这个时候，梁武陵王萧纪经略西蜀，广设州郡，在原齐通郡的地盘上设置青州，并在此之下设置齐通郡、齐乐郡、青城郡、平羌郡。

齐通郡是什么时候设立的呢？496年（南齐建武三年），在武阳县附近（行政中心在今天眉山市东坡区太和镇）设立了齐通左郡，统辖武阳县和南安县，管理两县的众多僚人。左郡，是朝廷治理。这也是今天乐山市和眉山市历史上第一次扯上关系，从此往后，多次分分合合。

为什么要设齐通郡呢？因为前一年，495 年（南齐建武二年），犍为郡的行政中心从今天眉山市彭山区境内（武阳）迁到今天宜宾市境内去了（僰道）。一来，尽管武阳县、南安县的架子还在，但是，今天乐山市中区、夹江县、峨眉山市和眉山市东坡区、青神县等等这片广阔的地域里，没有州郡级的行政区和管理机构；二来，僚人据蜀，政局动荡。齐通左郡，就这样诞生了！

这个时候的平羌郡在那儿？虽然没有说。但是，通过求证齐通郡、齐乐郡、青城郡的管辖范围，基本上可以确定，就是今天乐山市中区、夹江县、峨眉山市和五通桥区、沙湾区部分地域。这么大个郡和有影响力的事件，乐山历史上为什么没有记载？估计就是因为南安的架子还在，只是地盘儿多数已经被僚人占了！这个平羌郡呢！也没法落地。

南齐设齐通左郡 7 年后，502 年，齐和帝被迫“禅位”

于萧衍，南梁建立，齐通左郡随之进入萧梁版图。520—527 年（南梁普通时期），齐通左郡改称齐通郡。548（梁武帝太清二年），在齐通郡之上，新设置青州。《元和郡县图志》："取汉青衣县为名。"这个时候，把僚人拿下没有呢？估计还没有。

552 年，武陵王萧纪割据蜀地，在成都称帝，并率军东下，准备进攻在荆州的哥哥梁元帝萧绎。梁元帝得知消息后十分害怕，写信向西魏请求援助。西魏呢，早就想把南朝给干掉！接到求助信，那是名正言顺地攻城略地。553 年（西魏废帝二年）春，西魏大将尉迟迥率军南下，仅用半年时间，就占领了蜀地。

这个时候，把僚人拿下没有呢？554 年，西魏平定蜀地的第二年，正月"改青州为眉州"。554 年（西魏恭帝元年）在眉州下面新置青城郡和青衣县，郡县的行政中心都在今天眉山市青神县瑞丰镇境内。

555 年（西魏恭帝二年），把齐通县改为通义县。这样，新建的眉州，就统辖二郡两县：齐通（通义县）、青城（青衣县），州界大约东接今天眉山市的仁寿县、西至今天眉山市的洪雅县、北起今天眉山市的东坡区、南达今天五通桥区冠英镇。也就是说：把青衣江东面拿下了，西面还没有拿下。要到什么时候才拿下呢？

557 年，北周取代西魏，北周虽然只有短短的 25 年（557—581 年），可是，行政区划实在太乱，郡县名称变来变去。572 年（武帝建德元年），眉州改回青州。579 年（宣帝大成元年），改青州为嘉州。《元和郡县图志》：“按州境近汉之汉嘉旧县，因名焉。”妈呀！终于绕回来了。

眉山人说：这个嘉州的行政中心应该在今天眉山市青神县，后来又迁到眉山市东坡区。直到 607 年（隋炀帝大业三年），才从眉山迁到乐山。依据是 579 年（北周宣帝大象元年），改青州为嘉州。同年，又改青城称青神，依然是郡县同名。

对这个青州的行政中心，乐山人有两说，一说在今天市中区关庙乡苏坪村，或者是板桥村，眉山市青神县的汉阳镇正好接壤；一说在夹江县的某个位置。今天夹江县有一个乡的名字就叫青州乡，位置在夹江县城东部，东南与眉山市青神县西龙镇、罗波乡接壤。

两边的意思很明确，“紧邻汉嘉旧县”，承袭的是正统地位。“郡土嘉美”，只是自娱自乐。当然，后人要信自娱自乐为真，已经无关紧要了！

余龙 画

当然，这个时候还需要回过头去找一下汉嘉。汉嘉在那儿呢？汉嘉，因为苏东坡“颇愿身为汉嘉守，载酒时作凌云游”，扬名天下。细细寻来，汉嘉原来是青衣县。

这个青衣县，是公元前 201 年（汉高帝六年）设置的，行政中心在今天的雅安市芦山县境内。这个汉高帝就是刘邦，也有说是汉高祖的。不管是说汉高帝，还是说汉高祖，都是同一个人，千万不要被搅晕了。

当然，也有人说是公元前 316 年设置的。但是，拿不出证据。管辖范围相当于今天雅安市芦山县、雨城区、名山区、宝兴县、天全县以及成都市邛崃市，今天眉山市洪雅县、丹棱县，汉南安的地盘，确实与它紧邻。

青衣县什么时候变成汉嘉的呢？ 122 年（东汉安帝延光

元年）。这一年，历史上发生了许多影响后世的大事，诸如罗马修建长城、龟兹降汉。也是这一年，朝廷设置蜀郡都尉，青衣王子心慕汉制，上求内附。

133 年（东汉顺帝阳嘉二年），蜀郡属国所辖青衣县正式改名为汉嘉县，汉嘉一名由此出现。属国都尉驻汉嘉县，汉嘉成为郡，相当于今天省级的地方行政中心。

168 年（东汉灵帝建宁元年），蜀郡属国改名为汉嘉郡，归益州管辖，仍旧管辖 4 个县，由今天省级行政区降为地级市。

属国的设置是从战国时期开始的，“始于战国”，秦兵器铭文中，已经有“属邦”这个词。汉代，避汉高祖刘邦讳，改称“属国”。《汉书·武帝本纪》颜师古注：凡是叫属国的，“凡言属国者”，都是只保存了原来的国号，“存其国号”。

《后汉书·职官志·百官五》：属国，划分郡的时候，离郡的行政中心比较远的地方，就设置，“分郡离远县置之”，如果郡本身就不大，“如郡差小”，属国的名字就是郡的名字，“置本郡名”。

大的属国管辖范围，相当于当时的五六个县，“有五六城”，小的只有一二个县，“小者一二城”，如龟兹只作为上郡的一个县而存在。

上郡，秦初36郡之一，西汉、东汉时沿置。郡治在肤施县，今陕西绥德县。管辖范围相当于今天陕西省中北部以及毗邻的内蒙古个别地方。

公元前121年（汉武帝元狩二年），就割今天四川、贵州、云南地盘上，广汉北部都尉管辖的地盘为广汉属国，蜀郡西部都尉管辖的地盘为蜀郡属国，割犍为南部都尉管辖的地盘为犍为属国。

公元前121年开始干的事儿，到公元前122年落地，行政效率还是挺高的。也就是说，历史上先有汉嘉县，后有汉嘉郡。再圈一下重点，汉嘉郡名先废，汉嘉县名后废。汉嘉县名存在了约370年（133—约502年），汉嘉郡名存在了144年（168—312年）。

554年（西魏恭帝元年），又在汉南安的地盘儿上，设立青衣县。562年（北周武帝保定二年），把这个青衣县改为青神县，今天眉山市青神县这个县名就沿袭到如今了！

岷江从今天眉山市青神县汉阳镇到乐山市中区关庙乡这一段，叫“平羌小山峡”。

这儿有一段公案要打。唐代著名诗人李白《峨眉山月歌》里有一句："影入平羌江水流"，有人说这个"平羌"就是"平羌小山峡"。固然平羌郡的行政中心曾经在这一带，今天乐山市中心关庙乡苏坪村，或者板桥村。但是，真正叫"平羌小山峡"，是明代开始的事情。李白那个时候，估计还叫"熊耳峡"。宋代，叫"湖襄峡"。最早把青衣江叫"平羌水"的《元和郡县志》，成书于813年，也就是李白仙逝51年后。

今天的人都想知道李白说的"平羌"究竟在那里？尤其是确切的位置。诗中的"平羌"是地名？还是水名？其实，不知道，有很多的想象和余韵，多好！

"紧邻汉嘉旧县"这个嘉州存在的时间，分成两段：

第一段是27年。579年（北周宣帝大象元年）至606年（隋炀帝大业二年）。管辖3郡5县：齐通郡（齐通县、通义县、洪雅县）、青神郡（青神县）、平羌郡（平羌县）。意思是"郡土嘉美"这个嘉州是归他管的，根本没有认。

606年（隋炀帝大业二年），复改嘉州为眉州，并把州治迁到了今天眉山市东坡区境内（通义县城）。607年（隋炀帝大业三年），撤州建眉山郡。重点，郡治迁到了今天乐山市中区（龙游）。

这儿，顺带插一下龙游县的来历。《元和郡县图志》：隋朝军队从成都乘船向今天乐山市中区进军、追击陈国败兵的时候，“以隋将伐陈”，岷江中有游龙导航，帮助隋朝军队统一天下，“理舟舰于此，有龙见江水，引军而前”。神啊！真神啊！真的是神啊！南安就这样变成龙游了！“故名县”。

具体时间，今天的乐山人只说了一个大概：隋初。从眉山郡的行政中心迁到今天乐山市中区，“郡治却迁到龙游”，大概应该是607年吧！因为这一年，眉山郡统辖8个县：龙游、平羌、夹江、峨眉、通义、青神、丹棱、洪雅。再往前，最多也就是606年。

第二段是1年还是124年？ 618年（唐高祖武德元年），眉山郡改为嘉州。1年，是因为第二年，就从嘉州分置了眉州，而且管辖的8个县，有5个拿给眉州去了，只剩3个：龙游、平羌、峨眉，管辖范围大概就只有今天乐山市中区、峨眉山市以及五通桥区、沙湾区、夹江县、峨边彝族自治县、金口河区的部分地盘。比起汉南安县来，确实小多了，小得多得多了！ 124年，是742年（唐玄宗天宝元年）改嘉州为犍为郡。

也就是说，乐山市叫嘉州，不是乐山市中区叫嘉州，是618年（唐高祖武德元年）开始的。把嘉州改为犍为郡的小插曲，时间很短，也就是16年。758年（唐肃宗乾元元年），废犍为郡，恢复嘉州这个名头。自此，要到1196年（宋宁宗庆元二年）升嘉州为嘉定府。领五县一监：龙游县、洪雅县、夹江县、峨眉县、犍为县、丰远监。地盘扩大了，嘉州这个名字也跟到没了！叫嘉定了。

余龙　画

这儿，特别需要说一下丰远监。丰远监，就是宋代铸造铁钱的。南安时代，邓通铸钱就不说了。北宋初也在今天乐山铸过钱，只是因为 993 年，李顺作乱，才没有铸。1005 年（宋真宗景德二年）正式在今天乐山中心城区上土桥街一带设置丰远监，主要是铸铁钱。《元丰九域志》：“嘉州丰远监，景德二年置，铸铁钱。州北五十步。”《文献通考》：“（景德二年）嘉、邛州铸大铁钱。”此后断断续续铸钱到 1235 年。

第一次停铸是 1059 年（宋仁宗嘉祐四年），原因是买炭扰民了，《宋史·食货志·钱币》：“以率买铁炭为扰……停铸十年，以休民力。”实际停止的时间，不是 10 年，而是 14 年。

第二次停铸是 1129 年（宋高宗建炎三年），《宋史》：“六月乙卯，权罢邛州铸钱，嘉州也相继罢铸。”这次实际停铸时间，长达 24 年。1153 年（宋高宗绍兴二十三年）恢复铸钱，1235 年（宋理亲端平末年），元军进攻四川。之后，丰远监才停止铸钱，慢慢废了，“停铸渐废”。

1277 年（元世祖至元十四年）改为嘉定府路。嘉定府路的行政中心，在今天的乐山市中区、“治龙游”，领一司四县二州：录事司、龙游县、夹江县、峨眉县、犍为县、邛州、眉州。这个时候的管辖范围确实大了，是真正的莽墩儿（方言：很大）。不仅包括了今天乐山市中区、五通桥区、沙湾区、峨眉山市、犍为县、夹江县、井研县，还包括今天眉山市东坡区、彭山区、仁寿县、洪雅县、丹棱县、青神县，成都市邛崃市、大邑县、新津县、蒲江县，自贡市荣县、内江市威远县等地。

到此，普及一下元代的机构设置。

元代的机构设置，元朝官制分为中央政权和地方政权。中央政府不说了，只说地方政府。地方政权下设行中书省（职同中央中书省）、宣慰使司（职同中央宣政院）、诸路万户府、诸路总管府、散府、诸州、诸县和诸军。系统有两个：一是行省系统，一是土司系统。

“行省”，全名叫：行中书省，是直属中央政府管辖的一级行政区，主要作为军事管理，掌管所辖省内的钱粮、兵甲、屯种、漕运及其他军政事务。至于“行省”或者“省”，属于简称，或者老百姓的叫法。

行省下面是路、府、州、县。路分上路和下路，满 10 万户为上路，不及 10 万户为下路，地理位置重要的地方，不论人口多少，都可以置为上路。路设总管府，长官称达鲁花赤，总管副贰（副贰，也叫“副二”，指副职、属僚）。

府的设置不普遍，有的直属中书省，有的隶属于行省，有的隶属于路。府之下有的直辖州县，有的不辖州县。府设达鲁花赤、知府（或府尹）为长官，又有同知、判官、推官、知事、提控案牍等员分管各项具体事务。下辖儒学（学校）、司狱司、织染局、杂造局、录事司等分管各项专门事务的部门。

录事司，类似于今天的公安局。《元史·百官七》：录事司的老大，官儿的俸禄和行政级别是正八品，“秩正八品”。要路、府的行政中心所在地，才设置这么一个部门，“凡路府所治，置一司”，从事城市管理工作，“以掌城中户民之事”。1261 年（元世祖中统二年），皇帝下诏进行核对，“诏验民户”，然后确定编制，“定为员数”。二千户以上，设录事、司候、判官各一员；二千户以下，不设判官，“省判官不置”。

1283 年（元世祖至元二十年），设置达鲁花赤一员，不设司侯，“省去司候”，抓捕犯人之类的事由判官一起干，“以判官兼捕盗之事”，设没有品级、负责杂役的官儿一个，“典史一员”。如果城市里的老百姓不多，“民少”，就不设司，拿给眼皮底下的县管，“归之倚郭县”。

州按所辖民户多少分为三等，江南、江北标准不一。江南 50000 户以上为上州，30000 户以上为中州，不及 30000 户为下州。江北 15000 户以上为上州，6000 户以上为中州，不及 6000 户为下州。州设达鲁花赤、知州为长官，其他设官如同府制。

县也按所辖民户多少分为三等。江南以 30000（含）户以上为上县、10000（含）户以上为中县、10000 户以下为下县。江北以 6000（含）户以上为上县、2000（含）户以上为中县、2000 户以下为下县。县设达鲁花赤为长官，下设县尹、县丞、主簿、尉、典史等官。

在比较重要的地方设巡检司。

土司设置在边陲少数民族地区。有宣慰司、宣抚司、安抚司、招讨司、元帅府、万户府、千户所等机构。设宣慰使、宣抚使、安抚使、招讨使、元帅、万户、千户等官，由少数民族首领担任。有的土司设在行省之内，如湖广、云南、辽阳等行省；有的设在行省之外，如维吾尔、吐蕃等。元朝土司的设置，是唐朝羁縻州县（相当于现在的自治州自治县）的进一步制度化，以后被明、清继承下来。

元代把人户分为蒙古、色目、汉人、南人四等。高级官员基本上是世袭蒙古、色目贵族和极少数汉人官僚，汉人官僚往往只是担任副职。中书省，右丞相必须是蒙古人，色目人可任左丞相，汉人只能任平章政事。有元一代，不是蒙古人担任丞相的只有 3 个人。御史台也是一样，《元史・太平传》："台端非国姓不以授"。台端，御史大夫。国姓，蒙古人。

地方行中书省长官丞相、平章政事，不是蒙古人都不能担任。达鲁花赤这个元代才有的特殊的官儿，是蒙古语"镇守者"的音译。中央许多机构，地方路、府、州、县，不是蒙古军的万户府、千户所，都设有这个官职。按规定由蒙古人担任，偶尔有色目人，其他人是边儿都碰不到的。

宋元更替这一段，宋元嘉定之战持续 40 年（1236—1275 年），主要的战场和争夺点在今天乐山大佛景区内，现在仍然有"三龟九顶城"等历史遗迹。40 年，当然不是天天都是激战，而是旷持日久的拉锯战。激战的损伤大，拉锯战旷持日久的损伤更大，大到了人们的心里面去！

从此回望，不难窥见，为什么南安县的设置时间如此难以确定！《读史方舆纪要》：想占领成都、犍为、武阳，沿水路进攻，都必须占领乐山，“从来由外水而指成都、犍为、武阳，其必争之道也。”《宋史·牟才子传》：“蜀当以嘉、渝、夔三城为要。”并称：嘉定为“镇西之根本”。

宋初，地方基本上只分州（府）、县两级。后来，由于州（府）、县过于分散，又在州（府）、县之上设置了路一级地方机构。王安石变法后，为了更好地管理地方，防止农民起义，在县之下又设保一级基础组织。由中央直接控制地方机构，分别设吏掌理地方军、政、财事务，这样就达到了集权中央，防止地方分裂的目的。

州虽然与府是同级，类似于今天的地级市，但是，府的地位要略高于州。唐代在京师、陪都和道治所在地置府，地位与州平级。宋代设置渐多，隶属于路；金设五京、十四总管府，凡十九路，路治所在地置总管府，总管府下辖州、县。元或隶属于省，或隶属于路，地位与直隶州平级，明清时隶属于省，下领散州和县。所以，说到 1196 年（宋宁宗庆元二年）的时候，用的是：升嘉州为嘉定府。1376 年（明洪武九年）的时候，是降嘉定府为嘉定州，眉州降为眉县，归嘉定州管辖。1734 年（清雍正十二年），又是升嘉定州为嘉定府。

路，类似于省。这样推测起来，今天的乐山市中区，作为省级行政中心的时期，是100年（1277—1376年）。100年不短了！可惜，历史在这一段，在文化遗存上，似乎没有什么东西。

当然，说到路的时候，还有一个小插曲。1276年（元世祖至元十三年），曾经设置过一个马湖路。1371年（明洪武四年），改马湖路为马湖府。这儿，今天沐川县、马边彝族自治县的历史沿革透露出来了，1288年（元世祖至元二十五年）置沐川长官司，属马湖路，马边属沐川长官司。1942年，沐川才回到乐山的怀抱。马边彝族自治县，还要晚一些，1950年。元时的峨边彝族自治县、金口河区，属于大理国虚恨部，也不在嘉定路的管辖范围内。

大理国存续的时间是937—1094年、1096—1253年，中间隔了1年，是因为1095年，大理国宰相高升泰篡位，第二年就死了，“薨逝”。最强盛时期，疆域覆盖云南、贵州、四川西南部，以及缅甸、老挝、越南北部部分地区。1253年，大理国君段兴智被任命为大理世袭总管。1270年（元世祖至元七年），在大理原境置云南行省。

虚恨部，在开明、在南安的时候都没有讲过，是怎么冒起出来的呢？是从南宋李心传，今天乐山井研县人，《建炎以来系年要录》中冒出来的：“虚恨乃乌蛮别种，所居高山之后，夷人以高为虚，以后为恨，故名。”

余龙　画

这儿，还需要整懂乌蛮，才整得懂虚恨部。隋唐时代，把西南一带社会发展水平低于中原的群体统称为“乌蛮”，社会发展水平与中原相近的群体统称为“白蛮”。从这句话里，算是秒懂了吧！“乌蛮”，就是社会发展水平低于当时中原的群体。

关于夷人的来历，前面已经说过，这儿就不多说了，单说虚恨部。“虚恨部”这三个字自从李心传那儿冒出来以后，最多的解释就是居住在“高山后面的人”。这个说法，对不对呢？来看说文解字：

人们造“虚”字的时候，本义是虎豹横行、了无人烟的地方。“虚恨部”的“虚”，不是人花花儿（方言：指人）都没有一个，全是荒郊野岭。当时，用来代表建筑、村落、城镇这个意思的“墟”字，还没有造出来。所以，今天常用的两个字，当时用的就是一模一样的字，同一个字。以致今天去查“虚”的本义的时候，还是“大山丘”；“墟”的本义，还是“大土山”。与村落、城镇沾边的时候，都是废弃了的地方，殷墟什么的，造成了对“虚恨部”，这个“虚”字的理解上的困难。

从“虚”字的本义找到了“大山丘”这个根，找到了村落、城镇这个根。“以高为虚”，自然也就秒懂了。“以高为虚”，就是把房子修在山上嘛！修在山上的好处，是可以避开洪水、山体滑坡等自然灾害。聪明啊！真聪明啊！

“虚”字整醒豁了，接着说“恨”，就不难理解了。恨，是心字旁，“从心”，最初的读音是读 gèn，“艮声”。这个“艮”字，有一个意思就是山。这样一推导，“虚恨”是不是应该读“虚艮”呢？应该吧！真的应该吧！犍为的读音就是 qiánwéi，而不是 jiānwéi；苏稽的读音就是 sūqǐ，而不是

sūjī……

“艮”的本义是“边界”“极限”。把房子修在山顶上，也是不恰当的。四面透风，肯定不是什么好事。那么，把房子建在什么地方最合适呢？当然是半山腰，或者是背风的那面山——山后、后山，所谓“弯弯屋基嘴嘴坟”，就是这么来的。这样来理解“以后为根”，就不难了！一个，可能就是以山为边界；一个，可能就是把房子建在山的后面，建在山下。

“部”，本义是统属关系，部落。后来，演变为行政区划。这样，就更容易理解什么是“以县为部”了！就是一个一个的村落或者是部落组成的一个整体，一个县，一个行政区域。虚恨部，就是居住在山下面的部落。

虚恨部的地盘东接马湖，南抵邛部川，北毗中镇，相当于今天乐山峨边彝族自治州、金口河区、马边彝族自治县部分地域，凉山彝族自治州雷波县、甘洛县一带。

再说一下羁縻。唐、宋时代，实行羁縻州。羁縻州有别于一般州县，相当于现在的自治区。设羁縻州，是从唐代才开始的。羁縻，就是承认当地土著贵族，封他们为王侯，纳入朝廷管理。唐代又分三种情况：

一种是长官由部族首领世袭，内部事务自治，要向朝廷进献物品，“行进贡”，但是，负有一些责任，如忠于朝廷、按照要求提供军队物资等等。朝廷将其视为领土的一部分，文书用“敕”。

一种是内属国，一般封为可汗或郡王，有着自己的领土范围，但是，首领的政治合法性来自于朝廷的册封，不能自主，朝廷将其视为臣下，文书用“皇帝问”。

一种是所谓的“敌国”和“绝域之国”，虽然可能也有册封，但是，多数是对现实情况的追认，首领的统治合法性并不依赖朝廷的册封，朝廷的文书多用“皇帝敬问”。“绝域之国”，就是极其遥远、路途险阻与外界隔绝的地方。

宋代，加强对长官由部族首领世袭的管控，在部族首领之外，加派朝廷任命的监管官员。元代，逐渐演化为土司制度。历经明代小规模和清代大规模改土归流，直至中华人民共和国正式废止土司制度。

唐代在小凉山区建立马湖部，辖殷、驯、骋、浪四个羁縻州。马湖部彝族首领董嘉庆被朝廷封为归义郡王。宋代，四个州演变为三十七部，仍总称马湖部，彝族首领董春惜自称三十七部王子。虚恨部就是这个时候来的。

余龙 画

1376 年（明洪武九年）改嘉定府路为直隶四川布政司嘉定州，撤龙游县。管辖范围大概仍然相当于今天乐山市中区、五通桥区、沙湾区、峨眉山市、犍为县、夹江县、井研县、峨边彝族自治县、金口河区，还包括今天眉山市东坡区、彭山区、仁寿县、洪雅县、丹棱县、青神县，自贡市荣县、内江市威远县等地。

1734 年（清雍正十二年）复升嘉定州为嘉定府，并把龙游县改为乐山县，作为嘉定府的行政中心，“为府治”。管辖 7 县 1 散厅，地域范围相当于今天的乐山市市中区、五通桥区、沙湾区、峨眉山市、犍为县、夹江县、井研县、峨边彝族自治县、金口河区，眉山市洪雅县，自贡市荣县、内江市威远县。

注意，这个时候的乐山县，管辖范围相当于今天的乐山市市中区、沙湾区，还有五通桥区的部分地域，而且一直持续到 1978 年。乐山市的横空出世，就是因为 1978 年乐山县与五通桥区合并。

梳理嘉州、嘉定府、嘉定府路、嘉定州这段时序，共 1318 年。叫嘉州的时间，一共 477 年。分两段，一段是 579 年至 618 年，一段是 758 年至 1196 年。叫嘉定府、嘉定府路、嘉定州的时间，一共 841 年。1196 年升嘉州为嘉定府，元改为嘉定府路，1371 年复为嘉定府，1376 年降为嘉定州，1734 年复升为嘉定府。1913 年，嘉定府废。

虽然“嘉州”存续的时间比嘉定短。但是，嘉州这两个字，长存在乐山人的记忆里，就像琴弦，总会时不时地拨弄，弹响，激起无限的涟漪，唤起无限的遐想。

嘉州、嘉定时代，也是乐山历史上的辉煌时代。自唐代起，乐山就是仅次于成都的四川第二富。明清时期的犍乐盐场，更是让乐山以“金犍为”之名扬天下。唐代用 90 年建造了今天的乐山大佛；宋代铸造了通高 7.85 米，重约 62 吨的万年寺铜铁佛像；位于峨眉山市飞来岗上飞来殿，更是唐代壁画和宋、元建筑的集大成者；明代修建了万年寺无梁砖殿……峨眉山景区、乐山大佛景区享誉中外的古建筑群，世界灌溉工程遗产——夹江东风堰，井研三江白塔……都诞生在嘉州、嘉定时代。

千百次，梦回嘉州。

第五章

乐山，这个地名的影响力要从黄庭坚说起

乐山这个地名来自『至乐山』，『至乐山』来自黄庭坚应邀给王朴写的榜。『至乐山』的源头是『至乐』，『至乐』的源头是庄子，当然也包括孔子。

今天说乐山，第一反应就是乐山市。乐山与乐山市，其实不是一码事：乐山是地名，乐山市是某个阶段的行政区划。地名与行政区划有关系，不用点儿心，是搞不清楚的。

乐山，最初只是县级行政区的地名，地域范围大概相当于今天的乐山市中区、沙湾区和五通桥区、夹江县的部分区域。乐山作为地级市的地名，是新中国成立以后的事。今天乐山市的管辖范围，更是 1997 年开始的事。所以说，不用点心，是搞不清楚的。

乐山的历史悠久，“至乐山”的源头是“至乐”，“至乐”的源头是庄子，当然也包括孔子，从“至乐”衍生出来的“至乐”榜——“至乐山”——“乐山”，“至乐”——“至乐”榜——“至乐山”——“乐山”，不是玩文字游戏，更不是说起好耍，而是长知识，绝对长知识，长长知识。

乐山是咋过来的呢？是 1734 年（清雍正十二年），改龙游县为乐山县。龙游这个地名，说嘉州的时候，已经简单说过，这儿只说乐山。为什么要改乐山这个名字，而不改别的什么名字，说起来话长，还是“打破砂锅问到底”有意思。

改龙游县为乐山县，是因为“城西南五里有‘至乐山’。”规划一下今天的地理位置，就是今天乐山高新区境内有一座山，叫“至乐山”。把开头一个字不要啰，就叫“乐山”。今天乐山高新区境内有没有“至乐山”呢？有。唐长寿说：几年前，修建进港大道，把至乐山的北峰推平了，南峰还在。

那座山为什么叫“至乐山”呢？是因为宋代有个叫王卜的住在这儿？明《嘉定州志》：“金灯山，西南五里，旧名至乐山，宋王卜居此。”再查王卜，南宋《舆地纪胜》里写的是王朴，清《嘉定府志》以及 1934 年版《乐山县志》写的是王璞。

音同字不同，总之是同一个人，也就用不着深究了！那个最早，就以那个为准吧，应该不会有错？既然《舆地纪胜》最早，就应该以《舆地纪胜》为准。但是，《舆地纪胜》说：“至乐山，在龙游县东五里。”这个“东五里”在哪里？在今天乐山大佛景区旁边的龟城山。说得更精确一点，就是睡佛的脚。龟城山，也叫“东山”“东岩山”“挂榜山”“至乐山”。

民国版《乐山县志》画在图上的地名，就叫“东山”。“东山”是何熙志的号，何熙志在这儿修了房子，“架屋其上”，就号“东山”。《舆地纪胜》：“何熙志架屋其上，号东山。”“号”，就是自己在名和字之外，再给自己取一个自己觉得叫起来舒服的名字，当然也有别人取的。

不管是自己取的，还是别人取的。有的叫得响，有的叫不响。比如：苏东坡，姓苏，名轼，字子瞻，又字和仲，号铁冠道人、东坡居士，世称苏东坡、苏仙。铁冠道人这个号就没有叫得足够响，东坡这个号就叫响了，响到今天，乃至明天、后天！

何熙志的名头没得苏东坡这么大，除了自娱自乐，估计没有多少人叫他何东山。当然，何熙志能在《舆地纪胜》留名，也是了不起。今天，乐山人还时不时地拿何熙志“一山九顶灯常现，六月三峨雪未消”，说事。

牛人啊！一生能留只言片语就够了，何况人家何熙志还有：“拓开天外无穷景，望尽坤维到处山。”以及今天还能搜罗得到的《续题郑国华昌州牛尾驿》《咏賨城景物之胜》《自然仙井·井空寒不流》《佛牙寺看桂因赠许秀才》《送赵南仲出视江淮》《自然仙井》。

顺便查了一下何熙志。何熙志是今天乐山市中区人，“宋嘉州龙游人”，一说夹江县人，“一作夹江人”，字忠远。1138年（宋高宗绍兴八年）进士。擅长写文章，“善属文”。晁公武推荐他担任御史台下属的官员，“荐为台属”，具体的官职是御史台检法官，“除御史台检法官”。

晁公武（1105—1180年），是今天山东巨野人。南宋著名目录学家、藏书家。《舆地纪胜》除了说何熙志号“东山”，还说：“山谷有颂。”这个“山谷”，是黄庭坚的号。众所周知，黄庭坚是北宋时人。这样说吧，晁公武出生那一年，1105年，黄庭坚去世。黄庭坚去世33年后，1138年，何熙志考取进士。“山谷有颂”与何熙志的关系，大概就是这么一层关系。

写《舆地纪胜》的王象之也是南宋时人，1196年（宋宁宗庆元二年）进士。这时的何熙志已经垂垂老矣，还是作古，不得而知。王象之开始编纂《舆地纪胜》的时间，是1208—1224年（宋宁宗嘉定年间），初稿约于1221年（宋宁宗嘉定十四年）完成，1227年（宋理宗宝庆三年）全书才算是完成了。

《舆地纪胜》把南宋的何熙志与北宋的黄庭坚摆在一起，是为了更好地溯源？还是？已经不得而知。“颂”，是一种文体。《诗经》中，“颂”与“风、雅、赋、比、兴合称六义”。“颂”，主要是赞美。

余龙 画

“山谷有颂”，就是黄庭坚有赞美。赞美谁呢？赞美王朴。怎么点赞的呢？一共点了2次。一次是《王厚颂二首》：

八风动摇人不闲，五羖自鬻鬓毛斑。

文章书画当富贵，惟有如今至乐山。

一次是《戏答王居士送文石》：

南极一星天九秋，自埋光景落江流。

是公至乐山中物，乞与衰翁似暗投。

据李金荣《黄庭坚青神之行行迹、交游与创作考论》（《乐山师范学院学报》2010年6月25卷6期）考证：王朴，原名宽，字子厚。王朴与黄庭坚还没有见面的时候，就有书信往来，黄庭坚在信中称赞王朴洁身自好，隐居不仕，并应王朴的邀请，给王朴书写“至乐”“豹隐”二榜。

重点！重点中的重点！黄庭坚应邀写的“至乐”，而不是“至乐山”。“至乐”的来历，说白了，就是王朴请黄庭坚写来挂起的“榜”。“榜”，是标书，大字。王朴请黄庭坚写“至乐”“豹隐”二榜来挂起，是把自己的志向公开了。

注意！特别注意！所有考证“至乐山”的人，都坚定地认为：最初的“至乐山”，有那么一段时间，曾经名叫“挂榜山”。什么时候叫“挂榜山”的？为什么叫“挂榜山”的？只有回过头来推测：

一个是因为王朴，因为他请黄庭坚写了“至乐”“豹隐”

二榜来挂起，人们就叫这儿“挂榜山”？毫不含糊，黄庭坚、王朴确实有这个影响力，有这个名人效应！

再一个呢？自有人类活动以来，那儿就是交通要道，更是一个有名的水码头，官府有什么文书公告的贴在那儿，更能路人皆知，家喻户晓。天长日长，也就习惯把那儿叫作“挂榜山”了！从官府、民间的角度考虑，这种可能性更大。

“挂榜山”，也叫“东岩山”，现在习惯了叫“龟城山”，之前叫“三龟山”。之所以叫“龟城山”，是因为宋末元初的“三龟九顶城”？大概应该是。“三龟九顶城”，这儿先不讲，留到以后写另一本书的时候去讲，更好讲，更好看。

叫“东岩山”，是因为方位，城东那座山，不起眼的那座山，就叫“东岩山”？有据可查的是：宋初，山上建得有一座寺，叫“东山寺”。今天，“东山寺”作为建筑不见了，但名称还在。

明万历《嘉定州志》：“东山寺”里面有一个胜会泉，“寺有胜会泉”，泉水是甜的，可以用来酿酒，“泉甘可酿”。苏东坡当年写过“一时付与东岩酒”，有人推测就是用这儿的泉水酿的，也是用这个地名打的牌子。不寻章摘句地阅读，才有味。苏东坡《送张嘉州》：

生不愿封万户侯，亦不愿识韩荆州。
但愿身为汉嘉守，载酒时作凌云游。
虚名无用今白首，梦中却到龙泓口。
浮云轩冕何足言，惟有江山难入手。
峨眉山月半轮秋，影入平羌江水流。
谪仙此语谁解道，请君看月时登楼。
笑谈万事真何有，一时付与东岩酒。
归来还受一大钱，好意莫违黄发叟。

说过“至乐”，再来说一说，什么是“豹隐”？“豹隐”，典出《列女传·贤明传·陶荅子妻》：南山有一种特殊的豹子，“南山有玄豹”，连续七天的雾雨天不吃东西，“雾雨七日而不下食”，这是为什么呢？“何也？”想使自己的毛长得不容易被发现，“欲以泽其毛而成文章”。方便隐藏，躲避天敌的伤害，“故藏而远害”。

“豹隐”就是隐居，不当官儿。个人的社会影响力，仍然是要的。甚至，有一些是厚着脸皮要的。唐骆宾王《秋日别侯四》：“我留安豹隐，君去学鹏抟。”南齐谢朓《之宣城新林浦向版桥》："虽无玄豹姿，终隐南山雾。"唐白居易《渭村退居寄礼部崔侍郎翰林钱舍人诗一百韵》："笼禽放高翥，雾豹得深藏。"唐李白《经乱后将避地剡中留赠崔宣城》："我垂北溟翼，且学南山豹。"宋梅尧臣《文豹篇赠黄介夫》诗："壮哉南山豹，不畏白额虎。"等等，表达的都是这个意思。

余龙 画

读到这儿，估计应该读懂什么是"居士"了！那时的人们，特别是文人雅士们，为什么喜欢自己叫自己是"居士"

了。“居士”，是道教、佛教中，在家修行的人。《礼记》《韩非子》《儒林传》中的“居士”，又是有德才，但是隐居不仕或者是没有当官的人，“未仕”。

从李白开始，“居士”就成了文人雅士的自我标榜。李白自称青莲居士，与黄庭坚、王朴同时代的苏东坡，就自称是东坡居士。黄庭坚自己，也叫山谷居士。今天，通过任何一种搜索引擎，都可以搜罗出一大把自称居士的文人雅士来！

《舆地纪胜》说王朴是“清闲处士”。这个“处士”与“居士”有什么不同呢？“士”是古代的知识分子。“士”在“士、农、工、商”这“四民”的排序中，是排在第一位的，也就是首位的。“万般皆下品，唯有读书高。”

“处士”，就是有德才，却隐居起来，不愿意做官的人，跟“隐士”其实是有区别的。把“处士”当成“隐士”的别称，是混淆了差别。“隐士”是对仕途，也就是当官厌倦了，找个地方躲起来，也就是“隐”，像大家熟悉的陶渊明，就是。“处士”不同，“处士”跟官场是绝缘的，一旦当过官或者是有当官的愿望，都成不了“处士”。

“隐士”“处士”之外，还有“居士”“名士”，这儿也顺带说一下。“居士”本来是宗教术语，指那些在家里面修行的人，用来称知识分子，意思是想当官，暂时还没有当上，而且想当的愿望非常强烈，“不到黄河心不甘”。“名士”，就是不隐，不躲起来，周游天下，广交朋友。

清闲，估计是“无官一身轻”，正适合王朴的自我标榜。

“无官一身轻”这句话，出自与王朴同时代的苏东坡，《借前韵贺子由生第四孙斗老》：

今日散幽忧，弹冠及新沐。

况闻万里孙，已报三日浴。

朋来四男子，大壮泰临复。

开书喜见面，未饮春生腹。

无官一身轻，有子万事足。

举家传吉梦，殊相惊凡目。

烂烂开眼电，硗硗峙头玉。

李贺诗云：

头玉硗硗眉宇翠，杜郎生得真男子。

但令强筋骨，可以耕衍沃。

不须富文章，端解耗纸竹。

君归定何日，我计久已熟。

长留五车书，要使九子读。

吾与子由共九孙男矣。

箪瓢有内乐，轩冕无流瞩。

人言适似我，穷达已可卜。

早谋二顷田，莫待八州督。

吾前后典八州。

从“居士”这两个字的源头，在庄子那儿，可以找到“至乐”的出处或者是源头。庄子拿“至乐”一词说事，就是想搞清楚：“人间是否存在最大的快乐。”或者说，人们完全可以乐而忘忧，根本不把忧当一回事。因为乐与忧在很多人那儿，是对立的，冲突的，根本就摆不到一起来，扯不到一堆去，撕裂了，痛苦了！“蓝瘦”“香菇”了！

对于“至乐”，庄子一共讲了几个故事，最为有名的，就是“鼓盆而歌”。一个人的老婆死了，他没有哭，反而在那儿敲起盆盆儿唱歌。因为他看透了，生死是一种自然现象，所以就不悲伤。

庄子的“至乐”就是想说明一个问题，天地万物都有一个客观规律在那儿管着，“该是你的，躲也躲不开；不该是你的，求也求不来”，为什么要“忧伤”呢？天既然已经塌下来了，又没有高个子替您顶着，您“忧伤”又能怎么样？与其“忧伤”，不如自己勇敢地站出来顶着，说不准真的可以云开雾散，重见天光。

余龙 画

隐士们都离不开“山”，比王朴早六七百年的陶渊明，就有“采菊东篱下，悠然见南山”。古人的“隐士情结”，最基本的哲学根底是以老庄为核心的道家思想。老子和庄子创立了精邃博大的隐逸哲学。儒家和道家的主导思想中，都包含了归隐思想，无论是孔子的门生，还是老庄的弟子，都能从自家的经典中找到归隐的理论支撑。

孔子："天下有道则现，无道则隐。"如果他的思想得不到认可和施行，他将乘竹筏，隐居海上。老庄主张清静无为，因应顺势，不做违背规律的事情。老子《道德经》："功成、名遂、身退，天之道。"老百姓中知誉度最高的诸葛亮，《前出师表》："苟全性命于乱世，不求闻达与诸侯"，是隐士心态自然流露；《诫子书》："非淡泊无以明志，非宁静无以致远"，是隐士心态的重要表征。道家"无为而治""老死不相往来"，至今仍然扣动无数人心中的琴弦。

当然，也有人说乐山这两字来自比庄子更早的孔子，孔子说："知者乐水，仁者乐山"。"乐"至今究竟是读 yào（要），还是读 lè（乐），仍然有人各执牛耳。倾向于 lè（乐）的，把"乐"字的意思，理解为"喜欢""欢乐""快乐""无忧无虑"……不是更好吗？

读 yào（要）的人理解这段话的时候，仍然是：智慧的人喜爱水，仁义的人喜爱山；智慧的人懂得变通，仁义的人心境平和。智慧的人快乐，仁义的人长寿。或者说：智者之乐，就像流水一样，阅尽世间万物、悠然、淡泊；仁者之乐，就像大山一样，岿然矗立、崇高、安宁。

历史的公案打到明代影响最大的哲学家王阳明那儿，“至乐”是“心之本体。仁人之心，以天地万物为一体，欣合和畅，原无间隔”。

“至乐”情怀，应该说是人们的终极追求，没有之一。而且，基本上倾向于“同乐”，“独乐乐不如众乐乐”。人们寻找“至乐”的境界，可以在现今的乐山大佛景区内，也可以在如今的乐山高新区内，还可以在别的什么地方。

也就是说，不管是不是，对不对，现今的乐山人都可以拿庄子的“至乐”和孔子的“知者乐水，仁者乐山”说事，而且肯定地说，这就是我们的祖先为我们特殊定制的。“乐山乐水”作为城市形象的宣传语，似乎一直都在用；“乐善至美”作为城市精神的前半句，也有很高的认同度。

还有许多围绕“乐”字的说法，时不时地蹦出来，掀起滚滚洪流，形成阵阵热浪。

回到王朴，回到“至乐”榜，回到“至乐山”。王朴与黄庭坚这一对好友，还有许多诗文往来，都在这儿一并呈现。《王厚颂二首》，一首在前面说了，还有一首：

夕阳尽处望清闲，想见千岩细菊斑。

人得交游是风月，天开图画即江山。

《题石恪画尝醋翁》：

石媪忍酸喙三尺，石皤尝味面百摺。

谁知耸膊寒至骨，图画不减吴生笔。

《题石恪画机织图》：

荷锄郎在田，行饷儿未返。

终日弄鸣机，恤纬不思远。

《题王居士所藏王友画桃杏花二首》：

（一）

凌云一笑见桃花，三十年来始到家。

从此春风春雨后，乱随流水到天涯。

（二）

凌云见桃万事无，我见杏花心亦如。

从此华山图籍上，更添潘阆倒骑驴。

《走笔谢王朴居士拄杖》：

投我木瓜霜雪枝，六年流落放归时。

千岩万壑须重到，脚底危时幸见持。

石恪，《益州名画录》说他是成都人，说得更精确一点，就是今天成都市郫都区的人。郫都区最有名的，当然是郫县豆瓣，炒回锅肉的好料。石恪小时候无拘无束，放散马，但是长大了有声名，对儒学很精通，“博综儒学”，一生的爱好却是画画，“志唯好画”。也是一个叫他当官，坚决不当的人。所以说，读书行不行，如何行？关键是看有没有志向和追求，有什么样的志向和追求。

余龙 画

之前说“至乐山”是因为每年的正月初二，“每岁人日”，当地的最高行政长官都要在那儿张灯结彩，“郡守张灯于此”，人们经常去那里玩，自然也就成了“至乐山”，是因为没有刨出王朴这个根来。

现在，刨出王朴这个根来了。“至乐山”的“至乐”，是宋代王朴请黄庭坚写的“榜”，是王朴用来言情明志的玩意儿，是不是就烟消云散了呢？没有。因为宋时的“至乐山”，到明以后，跑到金灯山去了。

地名许多时候确实长了脚，会跑，会跑到中意它的人们那儿去！毛文泉、丁义堂、李云发《“至乐山”到底在哪儿？》（乐山新闻网，2018 年 6 月 19 日），更是引用杨光裕《地名学简论》：“大多数地名，经历长时间而约定俗成的社会现象，而且也包含着政府当局的命名行为。这种给定景观的‘名’‘实’的一致性，即‘定格’现象，只存在于一定的历史时间、空间，并不是永久不变的，‘名’与‘实’均处在变化之中。”“承认地名的继承性并不否认也在变化。一是原地名中的音变、形变；二是行政干预的变化；三是新聚落以及各类地名的出现，带有明显的时代特征。”

今天乐山市中区人汪建说：今天乐山中心城区内的九龙巷、龙圣寺，根据就是隋代赵昱斩蛟；府街，就是府署门前的街；叮咚街，是因为有叮咚井；玉堂街，是当初曾把考棚搬到此，士子们骑马走进的就是玉堂街，“金马玉堂”；箱箱街，过去叫察院街，因为察署衙门在此，过后很多铜铺入驻，又称打铜街，到了抗战时期，有大量的纸箱、纸盒要做，整条街街沿都晾晒纸箱，就变成“箱箱街”了……

究竟是不是呢？隋时，“玉津”这个地名，在今天五通桥区冠英镇，到了北宋就成了当时犍为县的行政中心，并且，今天的犍为县城就叫玉津镇，而且与五通桥区冠英镇隔了帽子远，连追溯起来都十分困难了。

《舆地纪胜》：“枕江楼，在宪司廨宇之后，左窥龙泓，右瞰乌尤，三龟、至乐、九顶诸峰列其中。”“钟秀亭，在九顶、三龟之间，清闲居士王朴至乐山也。”朱云焕《凌云九峰》：“兑悦西回叠九层，清音亭立看金灯。十洲三岛何须觅，如此江山得未曾。”胡薇元《乌尤杂咏》：“至乐山浓远向城，辟鹈飞过日初晴。藕花落尽横塘路，雨霁波光分外明。”赵熙《怀传度》：“大地陈陶悲血泊，几家明月梦刀环。高僧自理华严课，云影低衔至乐山。”……证明，宋时的“至乐山”确实就是今天的“龟城山”，曾经也叫“东岩山”“挂榜山”。

说到这儿，还有 2 个故事：一个是遍能法师讲的民间传说：有一年发大水，把乌尤山冲走了，断了大佛寺的香火。大佛寺的一个莽（力气大）和尚到河边去找，一直找到三峡口子上，才找到。莽和尚拿一根铁扁担去挑，只有乌尤山不行啊！又搬了另一座山。哪知快到的时候，扁担断了，乌尤山落在凌云山旁边，另外一座山落在了乌尤山的河对门（对面），和尚就给它取名叫“至乐山”。

一个是广为流传的民间传说：之前这儿没得山，涨大水的时候找不到地方躲，大力士来了，去找神仙要了一座山。神仙说：搬山的时候，晚上可以放下来，歇歇气再走。天亮了，就不能放下来。大力士记住了，把山搬到今天乌尤山、凌云山、龟城山这个位置，才打三更，感觉离天亮的时间还早，就放下来歇气。他那儿知道，这个地方不打五更，打三更就相当于其他地方打四更左右了。把山放稳，劲还没有缓过来，天就亮了。再搬，已经搬不动了。大力士搬来的这座山，就叫“至乐山”。“至”，是到达的意思。不打五更的故事版本，放到以后有机会去讲。这儿集中精力，不扯远。

明《嘉定州志》：是先有“至乐山”，后有“金灯山”。“金灯山，西南五里，旧名至乐山，宋王卜居此。其址有渊，每岁人日，郡守张灯于此，以油洒水观其纹，以占岁之丰歉，今塞。”清《嘉定府志卷四方舆志·山川》：是先有“金灯山”，后有“至乐山”。“至乐山，城西南五里，乐山县名以此。旧名金灯山。有泉一泓，每岁人日，郡守于此修油卜故事，占岁丰歉。昔清闲居士王璞尝居此。”

1934年版《乐山县志》：是“至乐山”又叫“金灯山”。“至乐山，城南五里，无垦，一名乐山儿，县名以此，亦名金灯山。宋王璞居此，号清闲居士。昔时山麓有渊，每岁人日，郡守张灯于此，以洒油水，观其纹以占岁之丰歉。今塞。”……证明，从明代以后“至乐山”，就换成金灯山了？或者是“金灯山”换成“至乐山”了。

金灯山，在今天的乐山高新区车子镇金灯村境内。唐长寿《至乐山探寻城市地名的变迁》(《乐山日报·三江周末》，2018年9月16日，1版）“几年前，修建进港大道，至乐山北峰被推平，只剩该峰北端一段山尾，南峰尚存”。至于金灯山的名称，毛文泉、丁义堂、李云发认为是郡守打的金灯，在哪个山上打久了，在人们中间流传下来，那个山名也就变成金灯山了。

至于史志中一会儿王卜，一会儿王璞，说白了，就是写史作记的人，觉得哪个名字更有深意，就写哪个。反正，读音都差不多。李金荣说“王朴”，是从黄庭坚那儿找来的证据：您让我帮您改名字，“伏承易名”，好避免八字中的冲突，“以避处冲”，非常好，“甚善”。可是“宽”字不是很好，“然‘宽’字亦未甚好”，就自作主张把您的名字改为“朴”，“辄欲易贵名为‘朴’”，好不好？“可否？”这样一来，既与“子厚”这个名字浑然一体，“既与‘子厚’字合”；另外，王朴又是后周周世宗朝的名相，“又王朴，周世宗朝名相”，品行啊，能力啊，水平啊，都超出当时的人，“其心术治行超然出一时人”，我的心中常常暗自景仰这个人，“心中常窃慕之也”。

至于王朴是住在“东岩山”，还是“金灯山”，还是这两座山都住过，最好的依据应该是《舆地纪胜》，而不是后来的各种志、考、注释神马的！因为《舆地纪胜》成书的时间，是1208—1227年间（南宋嘉定、宝庆间），距黄庭坚也就是100多年的事情。可能跑，但也不会跑得太远！

余龙　画

乐山最牛掰的，当然是乐山大佛。1989 年 5 月 11 日，广东顺德的潘鸿忠到乐山旅游，拍了很多照片。那时的相机，都是用胶卷，拍了照之后，要洗出来才看得到。不像今天一样有数码相机、智能手机，拍了就看得到。有了智能手机，所有的发现，还是纯属偶然。科学技术之外的东西，能不能发现，什么时候发现，基本上靠的，就是缘分！

回到潘鸿忠，回到睡佛。潘鸿忠要完了，回家把照片洗出来，发现有一张照片像睡起来的大佛，不是一般的像，特别像，就写了《乐山巨佛发现记》，发表在《四川文物》（1990 年第 4 期）上。

这时，离潘鸿忠来乐山旅游已经过去了 1 年多。同年 8 月，《乐山报》也发表了《乐山巨佛发现记》全文。这年 9 月，四川省文化厅派考察组专程来乐山考察，给予了肯定。紧接着，《四川日报》《中国文化报》《人民日报》(海外版)、《华声报》《中国旅游报》《今晚报》、新华社、中央电视台等新闻单位竞相报道，“巨佛”出世，轰动一时。

睡佛全身长 4000 多米，佛头、佛身、佛足由乌尤山、凌云山和东岩山联襟而成。从此不难发现，在海通开凿乐山大佛之前，巨型睡佛就已经存在，或者说早已发现？如果早已经发现，为什么没有记载？

这就奇怪了：如果海通没有发现睡佛，他怎么能把乐山大佛凿在睡佛的心窝子上？还有灵宝塔？睡佛的玉茎。

睡佛既然是三座山：乌尤山、凌云山、东岩山，那么就有一个问题：这三座山是一直连在一起的，还是后来开凿出来的？位于乌尤山与凌云山之间的麻浩河，肯定凿过，而且不止一次。东岩山与凌云山之间的篦子街，也是凿出来的？还是先前很窄，到后来越凿越宽了？

这里先说“冰凿离碓”。

李冰就是主持修都江堰的李冰，约公元前256—公元前251年（秦昭襄王末年）任蜀郡守。耐人寻味的是：“除《史记》《汉书》说‘冰凿离碓’外，其他有关书籍，包括《风俗通》都不提”，这就整得后来在那儿纷纷攘攘。

有说凿了的，证据除了《史记·河渠书》：“蜀守冰凿离碓，辟沫水之害，穿二江成都之中”，还有《华阳国志》：“时青衣有沫水，出蒙山下，伏行地中，会江南安，触山胁溷崖，水脉漂疾，破害舟船，历代患之。冰发卒凿平溷崖，通正水道。”

还有《水经注》：“昔沫水自蒙山至南安西溷崖，水脉漂疾，破害舟船，历代为患。蜀郡太守李冰发卒，凿平溷崖。河神赑怒，冰乃操刀入水与神斗，遂平溷崖，通正水路，开处即冰所穿。”“操刀入水与神斗”，这是典型的神话传说。

究竟凿还是没凿？“冰凿离碓”的焦点，一直聚集在“离碓”二字上。有人说李冰凿的是现今都江堰的离堆——玉垒山？有人说是凿的现今乐山乌尤山、凌云山连接处——乌尤山或麻浩河？而四川有记载的“离碓”，不只是都江堰，还有10多处。

将“离碓”二字弄明白，“冰凿离碓”就可以剔除想象，回归本真。“离堆”这个词最先是从班固那儿来的，“始自班固”。班固离李冰当蜀郡守的时间是300多年，写《史记》的司马迁离李冰是100多年。

说司马迁的“离碓”等同于班固的“离堆”？能否说得过去呢？照清刘沅《内江外江考》，“离堆”就是山的底部是连接在一起的，“山足支出为陵”，分开的山腰和山顶不在一起，就是离堆，“与山若不相属，故曰离堆”，完全是说得通的哈。

至于《华阳国志》《水经注》说的“溷崖”“雷垣”。“溷崖”，“溷”，混乱，与“崖”字组成词，就是山的阻挡导致水流很乱。不排除先前有缺口，但是比较小，或者是滩岩多。凿平之后，就不乱了。“雷垣”，《水经注·江水》写的是“雷坻”。“雷”“垒”，在古代的读音相同。与“坻”相同的字，是“坘”，“坘”字的不规范写法，就容易误认为是“垣”。说白了，就是写了草草字？

余龙　画

把一座山凿开，工程量确实很大。所以呢？《史记》之后记载，比如《华阳国志》《水经注》等神马的，就变成“凿平溷崖”。这个对不对呢？有没有理呢？还是留给各位看官自己去想吧！真铁心了，整座山搬走都可以。只是凿开一个口，有什么难的？

《乐山市志·人物志》：乌尤离碓，李冰治理岷江水患所形成的人工离碓。至于乌尤山这个地名的来历，有好多种说法的哈！一说原来可能是乌龙。只说可能是，没有说完全是，留了回旋余地。“龙”字跟“尤”比较相似，讹传日久，就写成了“尤”；或说是叫乌牛山，因为样子像一头乌牛卧江，后来黄庭坚认为不雅，改成了“乌尤”。

乌尤山有故事，特别是乌尤山上供的青衣神、尔雅台，还有近现代影响很大人物赵熙、马一浮。先卖个关子，已经写出来了，等在另一本书里说。

睡佛的脑袋是李冰凿出来的？那么？宋人又做了哪些贡献？满脑子的谜啊！

现在，说到麻浩河，都说麻浩河是当年李冰凿离碓的结果。历史上，大渡河与青衣江汇合后，与岷江汇合的具体位置，缺乏详细的记载。

李冰之后，与麻浩河有关的历史事件，有记载的都集中在 1194—1224 年（宋宁宗时期）。重点的，有影响的人物，又是两个：一个是知府游仲鸿开大渡河新渠，以杀三江怒涛；一个是 1208—1224 年（宋宁宗嘉定年间），提刑张方重开此渠，平佛滩，使大渡河主流改走麻姑浩，减少了三江水患。张方改走的这个麻姑浩，应该就是麻浩河。

顺带查了一下，游仲鸿（1138—1215）是今天广安市岳池县人，1198 年（宋宁宗庆元四年）担任的知府。张方是今天资阳市人，1199 年（宋宁宗庆元五年）进士，1211 年担任国子正。从京城出来，当官的第一站就是今天的乐山。

张方呢？确实还有写《乌尤山》的诗：

竹桥沙水乌尤渡，绝壁孤崖意气骄。

故与凌云分半坐，僧窗假寐见金焦。

回到知府游仲鸿开大渡河新渠、张方重开此渠，这就需要搞清楚乐山大佛、古乐山城与岷江、大渡河、青衣江的关系。《水经注》说的“青衣江会，襟带二水”，到杜甫，还是“江城”？杜甫《寄岑嘉州》：

不见故人十年馀，不道故人无素书。

愿逢颜色关塞远，岂意出守江城居。

外江三峡且相接，斗酒新诗终日疏。

谢朓每篇堪讽诵，冯唐已老听吹嘘。

泊船秋夜经春草，伏枕青枫限玉除。

眼前所寄选何物，赠子云安双鲤鱼。

古乐山城，东面临江——岷江。岷江自北向南，对城的冲刷影响不大；南面临江——大渡河、青衣江。大渡河、青衣江汇合后，一直是自西向东。挟带的沙石遇到岷江水，根本没法转弯，很快就要堆积起来，使河流改道。

李冰凿离碓之后，到海通那个时代，就不行了，“江水如万马奔腾，吼声震天，常常船毁人亡”。“韦皋伐凌云以杀其怒”。

韦皋是主持修造乐山大佛的三个人之一。开始是海通，中段是章仇兼琼，最后是韦皋。785 年（唐德宗贞元元年），韦皋出任剑南西川节度使。

乐山大佛修好后，又管了一阵子，到北宋，又开始不行了：976 年（宋太祖开宝九年）九月，“嘉州江水暴涨，坏官庐民舍，溺死者无算”；984 年（宋太宗太平兴国九年）七月，“嘉州江水暴涨，坏官署民舍，溺者千余人”；989 年（宋太宗端拱二年），“嘉州江涨，入州城，坏庐舍”；991 年（宋太宗淳化二年）七月，“嘉州江涨，溢州城，坏民舍”。到了北宋徽宗宣和年间（1119—1125）就开始筑城堤了，知州吕由诚就在会江门一带筑堤防洪，人称“吕公堤”。

吕由诚筑堤防洪，还是有效的。堤修起来之后，水退回去了，“筑堤捍水，水为之缩”。到了南宋，1172 年（宋孝宗乾道八年）六月壬寅，遭了水灾，“大雨水，嘉州漂民庐，决田亩”。第二年，陆游来了，重新筑堤，连石头都不好找了，《出城至吕公亭按视修堤》：

翠霭横山澹日升，孤亭聊借曲栏凭。

霜威渐重江初缩，农事方休役可兴。

重阜护城高历历，千夫在野筑登登。

寓公仅踵前人迹，伐石西山恨未能。

《十二月十一日视筑堤》：

江水来自蛮夷中，五月六月声摩空。

巨鱼穹龟牙须雄，欲取闤市为龙宫。

横堤百丈卧霁虹，始谁筑此东平公。

今年乐哉适岁丰，吏不相倚勇赴功。

西山大竹织万笼，船舸载石来亡穷。

横陈屹立相叠重，置力尤在水庙东。

我登高原相其冲，一盾可受百箭攻。

陆游是1173年来乐山的。到了游仲鸿，估计是筑堤不好办，就开新渠。到了张方，不知是游仲鸿组织开的新渠不够宽，还是不够深？只好重开了。张方之后，历史上再也没有开渠的记载。今天，乐山大佛正面的江心中有一个岛，有的叫凤洲岛，有的叫太阳岛，有的叫大佛坝。岛南面那条河——外江，是不是当年游仲鸿、张方开的渠呢？

余龙 画

青衣江与岷江的水流方向是一致的，都是从北向南。只是青衣江到今天乐山中心城区滟澜州，历史上叫草鞋渡，与大渡河汇合，滟澜州也是一个河心岛，青衣江再往上，在徐浩也有一个河心岛，再往上，杨湾也有。大渡河在沙湾区到滟澜州这一段，过去也有不少的河心岛，修建安谷电站之后，再也看不见了。同样，大渡河与岷江汇流后，很快就在下游形成了很多个河心岛。游仲鸿开新渠、张方重开是有效果的。至少到明代彭汝实写的《重修凌云寺记》中：大佛脚下，就是“下有碧潭，为蛟龙窟泽，钟镛不可宣”。

游仲鸿开新渠、张方重开的出口，一开始对着哪儿？找不到记载了！从南宋以后，也就是开渠以后，原来正对乌尤山的大渡河水北移，开始侵蚀嘉州古城墙。水这东西就是这样，汇流的地方，就形成一个河心岛，或者是一年一年堆积如山，迫使河流改道。

最初，是可以推窗开门就看见乐山大佛的，但是，不知是开渠之前就看不到了，还是开渠之后，开始还行，后来慢慢看不到了。河心岛上，至今都是可以与乐山大佛面对面地，仰视乐山大佛的高大雄伟。河心岛上还有一个观佛楼，从建成之日就一直废在那儿。

因为内外江都在北移，往今天乐山城这边移。经元至明，城墙遭侵蚀日益严重，人们开始沿岷江、大渡河用竹笼卵石筑河堤以保护城墙。从此似乎可以推测，渠的出口一开始没有对着乌尤山，更没有对着麻浩河，而是避开了乌尤山。大渡河北移的同时，渠可能也有同时北移的现象。到今天，在地图上，已经没有渠了，只有大渡河，靠近城这一面——北，俗称“内河”，明显比河心岛外——南，俗称“外河”宽。

明中后期，大渡河道由南北移百米，河水冲毁了古嘉州城内的育贤街、文庙等地方，乌尤离碓的作用也日益式微。安磐《江城记》：“永乐中，州学在南岸数十步，以今当之，正当中流。”到了周洪谟《重修嘉定庙学记》就已经迁到西边去了，“徙州治西”。因为，1394年（明太祖洪武二十七年）被洪水冲跑了，“为水所啮”。

1511年（明武宗正德六年），时任知州胡准主持修筑城墙。刚开始的时候，是用泥土夯筑的土墙，大雨一来，便“坏城十六七”。两年后，胡准再次主持修筑，改用条石砌筑城墙。工程进行到一半的时候，大水突袭，汹涌而至，城墙被淹没了整整三天。大水消退后，城墙石没有移动一分一寸。最终，在胡准主持下，建成2000米左右（6000多尺）的东、南两段城墙。明代营造尺，1尺相当于现在的32厘米。东城墙临岷江，高近5米（15尺），南城墙临大渡河，高5米多（16尺）。

清代增修外城墙，外城墙自草堂寺外得胜门起，经嘉乐门沿岷江过皇华台至肖公嘴。外城墙建筑与明城墙不同，墙体和城门门壁用红砂石砌筑，城垛、城门券拱用青砖砌筑，上砖下石、红黑相间。有城门17座，其中临岷江城门15座。大洪水时，船只可以直接划进城门。

如今，仍保存明城墙约2600米，大部分在会江门至水西门、拱宸门至老霄顶这一带，保留城门4座。清城墙约400米，在人和门至嘉乐门之间，保留城门4座。最有代表性的是丽正门。丽正门因铸有两尊巨型镇水铁牛，又叫铁牛门。始建于明代，共有四出门洞，建筑上叫“十字交叉拱门”，俗称“一脚踏四门”，具有很高的文物价值。

许多古城都有丽正门。丽正门是南正门的意思，源自《周易》：丽是八卦中的离卦，“丽也，日月丽于天，百谷、草木丽于土，重明丽乎正，乃化成天下；丽者，明也，南方之卦也，圣人南面而听天下，响明而治。”为何放铁牛？中国古城“仿生学”规划思想的妙想：牛饮消水，可以化解洪灾。

清代，麻浩河里，仍然是可以撑船的，张问陶《嘉定舟中》可以作证。张问陶（1764—1814年），字仲治，一字柳门，号船山、蜀山老猿，今天遂宁市人。《嘉定舟中》：

凌云西岸古嘉州，江水潺潺绕郭流。

绿影一堆漂不去，推船三面看乌尤。

平羌江水绿迢遥，梦冷峨眉雪未消。

爱看汉嘉山万叠，一山奇处一停桡。

麻浩河边，不只有渔村，更有名的是麻浩崖墓。崖墓，是一种仿活人的住宅，凿山为墓的一种墓葬形式。东汉到南北朝这段时间流传，也叫东汉崖墓。麻浩崖墓东西长约200米、上下宽约25米，有编号的崖墓544座。崖墓随葬品有陶制的农夫俑、服饰俑、厨俑、舞俑、乐俑等陶俑，狗、鸡、马、楼房等模型，罐、碗、釜、甑、耳杯等器皿，铜镜、“五铢”钱和铁器等，大多早年被盗。现在，是乐山汉崖墓博物馆。

余龙 画

墓室分为单室、双室、多室3种类型。每种都由墓门、甬道、主室、棺室、耳室等组成，棺室内凿崖棺，后室设灶台案龛。单室墓，一般是在主室一侧设棺室。双室墓，在后室两侧设棺室。多室墓结构较复杂，墓门由两柱分为 2～4 个门洞，前室横列，其后平行开凿 2～4 个后室。各后室结构相同，前设甬道，两侧设室。

石刻多见于双室墓和多室墓的墓门及前室，技法为高浮雕、弧面浅浮雕和阴刻；内容有仿木构建筑、画像和文字题记。1 号墓墓门和前室刻出仿木构建筑的斗、柱枋、瓦当、板瓦、椽头、连檐等。墓门刻瑞兽、乐伎、秘戏、舞伎等画像；前室刻荆轲刺秦王、方士、门卒、朱雀、挽辇、六博、垂钓、挽马等画像。中后室甬道口外门枋上，刻高浮雕坐佛 1 尊，通高 37 厘米，是中国早期的佛教造像之一。99 号墓为横前室四后室墓，墓门刻门阙，前室刻出瓦当、板瓦、椽头、连檐和龙虎戏璧等。后室门有阴刻隶书题记 9 则。

说这么细，是因为搞文创的大可到这儿大开脑洞，搞出一点名堂来。

横亘麻浩河上的，是濠上大桥。桥长 98 米，宽 5.9 米，“三拱、四亭、二廊”。“濠上”语出《庄子 · 秋水》。庄子和朋友惠施在濠水的一座桥梁上散步。庄子看着水里的鲦鱼说：“鲦鱼在水里悠然自得，这是鱼的快乐啊。”惠施说：“你不是鱼，怎么知道鱼的快乐呢？”庄子说：“你不是我，怎么知道我不知道鱼的快乐呢？”惠施说：“我不是你，本来就不知道你；你本来就不是鱼，你不知道鱼儿的快乐，也是完全可以断定的。”庄子说：“请回到我们开头的话题。你说：‘你哪里知道鱼的快乐’等等，就是已经知道了我知道鱼的快乐而问我，我是在濠水河边上知道的。”

取濠上大桥寓意鱼乐水、人乐桥，同为畅游。桥南是乌尤山，北是凌云山。现在这一片是湿地，花开四季，景色不错，乐山本地人喜欢到这儿打卡。

凌云山。中国有5座山都叫凌云山，四川2座，广东、江西、福建各1座。5座当中，最有名的当数乐山大佛，还有谁可以比乐山大佛更有名呢？没有吧！哈哈哈……

今天的人啊！到了凌云山，就是排队看大佛。九曲栈道和上面排的那个人啊，一到节假日就起长龙，好几个小时还到不了大佛脚下，那是常有的事儿。似乎只有到了大佛脚下，抬头仰视，才能获得内心的震颤，以致不虚此行。所以，现在要找有关凌云山的记述和资料，太少了！实在是太少了！少得几乎不可能自圆其说。

“凌云”这两个字的来历，已经不好追究！鳖灵说也好，佛教说也好，都没有确切的证据。确切可证的，是从岑参开始，诗文中有关凌云寺、凌云山的说法就多起来了。岑参《登嘉州凌云寺作》：

寺出飞鸟外，青峰戴朱楼。

搏壁跻半空，喜得登上头。

始知宇宙阔，下看三江流。

天晴见峨眉，如向波上浮。

迥旷烟景豁，阴森棕楠稠。

愿割区中缘，永从尘外游。

回风吹虎穴，片雨当龙湫。

僧房云濛濛，夏月寒飕飕。

回合俯近郭，寥落见远舟。

胜概无端倪，天宫可淹留。

一官讵足道，欲去令人愁。

岑参（约715—770年），765年（唐代宗永泰元年）被任命为嘉州刺史。这个时候，乐山大佛还没有完工。乐山大佛是713年（唐玄宗开元元年）开始修造的，803年（唐德宗贞元十九年）才完工的。修到肩膀的时候，海通去世了。章仇兼琼、韦皋都是担任节度使以后，才开始干的。

章仇兼琼（?—750年），739年（唐玄宗开元二十七年）迁任益州司马、剑南防御副使。因为当时的益州长史、剑南防御使张宥是个文官，不懂怎么打仗，“攻战之策”。章仇兼琼就专门掌握军权，“专掌军事”。而且，整对了。来了不久，也是739年，就提升为知益州长史事，代张宥节度剑南道。章仇兼琼当了节度使这个官儿之后，就捐出自己的俸禄，继续修大佛。一直到746年（唐玄宗天宝五年）五月，入京担任户部尚书。

当时剑南节度使统兵三万九百，属于正二品的官员，月俸料6000，食料1500，杂用费1000，防合15500，总共每月钱24000，也就是24000个通宝、泉宝、重宝、元宝、开元、元宝……神马的。不知道当秘书长（知益州长史事）这个活儿拿不拿俸禄？估计拿，不然，章仇兼琼把节度使这个官儿的俸禄都捐出来修大佛了，怎么生活啊？

岑参来的时候，乐山大佛还是章仇兼琼修拢的膝盖部分。785年（唐德宗贞元元年），韦皋才出任剑南西川节度使。韦皋当了剑南西川节度使这个官儿之后，才捐赠俸金继续修建大佛。

今天，许多文章、介绍把章仇兼琼的官儿与韦皋的官儿混为一谈。章仇兼琼节度的是剑南道。记住啊！剑南道，不是剑南西川。剑南西川节度使的设置时间是761年（唐肃宗上元二年），这个时候，章仇兼琼已经离开剑南道15年了！

韦皋是第9任剑南西川节度使。

说到韦皋这儿，必须要说一个人——薛涛。薛涛（770—832），字洪度，与鱼玄机、李冶、刘采春并称唐代四大女诗人，与卓文君、花蕊夫人、黄娥并称蜀中四大才女。薛涛的出生地，可能就在今天乐山中心城区的竹公溪畔。因为薛涛写的《题竹郎庙》，就是记载竹公溪祭祀竹王的一种独特民俗。

竹郎庙前多古木，夕阳沉沉山更绿。

何处江村有笛声，声声尽是迎郎曲。

薛涛还有《思乡》《忆荔枝》《题凌云寺》……

《思乡》：

峨眉山下水如油，怜我心同不系舟。

何日片帆离锦浦，棹歌齐唱发中流。

《忆荔枝》：

传闻象郡隔南荒，绛实丰肌不可忘。

近有青衣连楚水，素浆还得类琼浆。

《题凌云寺》二首：

其一：

闻说凌云寺里苔，风高日近绝纤埃。

横云点染芙蓉壁，似待诗人宝月来。

其二：

闻说凌云寺里花，飞空绕磴逐江斜。

有时锁得嫦娥镜，镂出瑶台五色花。

是韦皋让薛涛成了红人。785年（唐德宗贞元元年），中书令韦皋出任剑南西川节度使。一次酒宴中，韦皋让薛涛即席赋诗。薛涛神态从容地拿过纸笔，提笔而就《谒巫山庙》：

朝朝夜夜阳台下，为雨为云楚国亡；

惆怅庙前多少柳，春来空斗画眉长。

韦皋看了，拍案叫绝。从此，每有盛宴，薛涛都是侍宴的不二人选，很快成了韦皋身边的红人。随着接触的增多，韦皋还让薛涛参与一些案牍工作。有一天，韦皋突发奇想，要向朝廷打报告，拟奏请唐德宗授薛涛以秘书省校书郎官衔（一说是武元衡）。因格于旧例，未能实现，但人们却把薛涛称为“女校书”。

“校书郎”的主要工作是公文撰写和典校藏书，虽然官阶仅为从九品，但门槛很高，按规定，只有进士出身的人才有资格担当此职，白居易、王昌龄、李商隐、杜牧等都是从这个职位上做起的。而且，历史上还从来没有哪一个女子担任过“校书郎”。

薛涛红得发紫，不免有些恃宠而骄。前来四川的官员为了求见韦皋，多走薛涛的后门，纷纷给她送礼行贿，而薛涛“性亦狂逸”，你敢送我就敢收。不过她并不爱钱，收下之后一文不留，全部上交。虽然如此，她闹出的动静还是太大了，这让韦皋十分不满，一怒之下，下令将她发配松州（今四川松潘县），以示惩罚。

松州地处西南边陲，人烟稀少，兵荒马乱，走在如此荒凉的路上，薛涛内心非常恐惧。开始后悔自己的轻率与张扬，写了《十离诗》。《十离诗》送到韦皋手上，韦皋心软了，于是一纸命令，又将薛涛召回成都。回到成都不久，薛涛就脱去乐籍，寓居成都西郊浣花溪畔。

《十离诗》是诗体的一种。以10首为限，每首诗题均有“离”字，薛涛写的《十离诗》，依次是：《犬离主》《笔离手》《马离厩》《鹦鹉离笼》《燕离巢》《珠离掌》《鱼离池》《鹰离臂》《竹离亭》《镜离台》。

《犬离主》：

驯扰朱门四五年，毛香足净主人怜；

无端咬着亲情客，不得红丝毯上眠。

《笔离手》:

越管宣毫始称情，红笺纸上撒花琼；

都缘用久锋头尽，不得羲之手里擎。

《马离厩》:

雪耳红毛浅碧蹄，追风曾到日东西；

为惊玉貌郎君坠，不得华轩更一嘶。

《鹦鹉离笼》:

陇西独处一孤身，飞去飞来上锦裀；

都缘出语无方便，不得笼中更换人。

《燕离巢》:

出入朱门未忍抛，主人常爱语交交；

衔泥秽污珊瑚枕，不得梁间更垒巢。

《珠离掌》:

皎洁圆明内外通，清光似照水晶宫；

只缘一点玷相秽，不得终宵在掌中。

《鱼离池》:

跳跃深池四五秋，常摇朱尾弄纶钩；

无端摆断芙蓉朵，不得清波更一游。

《鹰离鞲》:

爪利如锋眼似铃，平原捉兔称高情；

无端窜向青云外，不得君王臂上擎。

《竹离亭》：

蓊郁新栽四五行，常将劲节负秋霜；

为缘春笋钻墙破，不得垂阴覆玉堂。

《镜离台》：

铸泻黄金镜始开，初生三五月徘徊；

为遭无限尘蒙蔽，不得华堂上玉台。

再查，历史上除了薛涛，没有第二个人写过《十离诗》。至于薛涛的身世，另找一个地方细说。

回到大佛，回到凌云山。英雄无名，海通的身世已经很难查考。803年，时任剑南西川节度使韦皋撰写的《嘉州凌云寺大弥勒石像记》中，对海通的记述，只有事功，没有生平。“开元初，有沙门海通者，哀此习险，厥惟天难，克其能仁，回彼造物。以此山淙流激湍，峭壁万仞，谓石可改而下，江或积而平。若广开慈容廓轮相，善因可作，众力可集。由是崇未来因，作弥勒像，俾前劫后劫，修之无穷。”这就给海通身世留下了一个永世之谜。

现在比较流行的说法，海通是播州人，也就是今天贵州遵义人。播州在历史上断断续续地存在了962年。播州，春秋战国时期是鳖国的地盘。秦代，在鳖国地盘上设置鳖县，包括现在遵义、绥阳、桐梓县等地。说鳖灵的时候，附带说过几句。隋初，设置牂柯县。唐改建安县。635 年（唐太宗贞观九年），以隋牂柯郡北部地置郎州，领恭水、高山、贡山、柯盈、邪施、释燕六县。639 年（唐太宗贞观十三年），废郎州置播州。犍为郡时代，播州与乐山一样，都是犍为郡管辖的一个县。

余龙 画

海通是播州人这种说法是从哪儿来的呢？彭汝实。彭汝实是乐山历史上赫赫有名的人物之一，故事留到“嘉定四谏”去讲。彭汝实写了一篇《九华书院记》，到了1803年（清嘉庆八年）撰修的《嘉定府志》里，被改了标题，变成了《嘉定州创建九峰书院记》。文中对海通的记叙变成了“韦皋镇蜀之日，有黔僧因山凿像，绀殿十层，其徒日众，盘礴至今”。

清檀萃《楚庭稗珠录》，更是一口咬定：“播州的海通法师，于唐玄宗开元年间(713年)创修乐山大佛”。檀萃，望江人，也就是今天安徽安庆人。1761年（清乾隆二十六年）进士，选贵州清溪县知县，后任云南禄劝知县。檀萃喜欢旅行，走到哪儿写到哪儿，“凡足迹所至处，辄随手札录”。著有《黔囊》《蒙岳记》《农部琐录》《滇海虞衡志》十三卷、《楚庭稗珠录》六卷、《穆天子传·注疏》六卷等。

檀萃任职清溪县在今天贵州省镇远县的清溪镇。1390（明洪武二十三年）设卫，1727年（清雍正五年）置县，到1941年撤县置区，置县时间214年。在历史长河中，说长不长，说短不短。檀萃任职那时，地方官是否像今天这样争名人效应，已经不可考。如果争，檀萃说海通是播州人，谁说说不过去呢？

到了21世纪，陈德忠在《三江都市报》（2011年2月24日）掌故栏目撰文称：海通和尚就是乐山本土僧人？陈德忠的依据是，1803年（清嘉庆八年）撰修《嘉定府志》前，都没有只字片言，没有任何一个纸飞飞（方言，这里指记录文献）提到海通是贵州人。

凌云山，除了海通，故事最多的，应该要数苏东坡了。凌云山上，至今仍然有一幢建筑叫“东坡楼”，说是当年苏东坡在凌云山上读书、授徒的地方。东坡楼是凌云山著名古迹之一，东坡楼也叫东坡读书楼。位于栖鸾峰巅，是由楼、廊、亭组成的庭院建筑，属于歇山式单体木质两重楼房。门额横匾“东坡楼”三字，是集的黄庭坚手书，楼堂正中是苏东坡斜倚坐像。

对这座楼，清人张瑞在《挹爽轩杂记》中说得明白：它原本是明代地方官员们拍马屁为魏忠贤建的生祠，完工后魏大人正好“下课”。于是，便“改祀东坡”。到清嘉庆年间，时任嘉定府知府的宋鸣琦来了一次重修。宋鸣琦特地把竣工日选在了苏东坡生日那一天，以为坡公祝寿。第二年东坡寿辰，宋知府依旧“寿苏之礼不废”。

这位宋知府是乐山清代300年间屈指可数的名宦，后人说他“不喜事，不扰民，不营私，不躁进”，却偏偏要在东坡身上生事。1894 年，刘光第登临东坡楼，感叹道：“江天一望，乘风飘然。不知古今同此一叹，当年楼上所读何书。”也就是说，苏东坡当年没有在凌云山读过书。但这一点也不妨碍后人的遐想。

余龙　画

东坡楼前有一水池，传说是苏东坡洗砚台的地方，也叫洗墨池。清代池边还有一通“东坡洗砚图”石碑，做了个标识。洗墨池水流入山下的岷江中，恰好江中特产一种头呈黑色的墨鱼，便说是吃了苏东坡的洗砚墨水而变黑的，也就叫东坡墨鱼。

余龙 画

东坡楼正对着的悬崖顶上，有一个亭子，叫清音亭。天气晴朗的时候，在清音亭凭栏远眺，峨眉山、美女峰近在咫尺，尽收眼底。

清音亭有名，是因为宋代的邵博。邵博在他写的《清音亭记》中说：“**天下山水之观在蜀，蜀之胜曰嘉州，州之胜曰凌云寺，寺南清音亭，其最胜也。**”用今天的话来说，就是：天底下最美丽的自然风光在四川，四川最美丽的自然风光在嘉州，嘉州最美丽的自然风光在凌云寺，凌云寺南面有清音亭，又是最美丽的。

1985 年，乐山撤销专区，建立地级市，管辖市中区、五通桥区、沙湾区、金口河区、峨眉、夹江、犍为、沐川、眉山、彭山、青神、洪雅、仁寿和马边彝族自治县、峨边彝族自治县共 17 个县（区）。

1997 年 5 月 30 日，经国务院批准，调整乐山行政区划，保留地级乐山市，划出眉山县、仁寿县、彭山县、洪雅县、丹棱县、青神县，设置眉山地区。调整后的乐山市设市中区、五通桥区、沙湾区、金口河区 4 个县级区，管辖犍为县、夹江县、沐川县、井研县和峨边彝族自治县、马边彝族自治县，代管省辖县级市峨眉山市。

抛开这些没趣的记载和文字，今天最能了解、掌握、观察这座城市历史、文化的，是这几条线路或者说是这几条

线索:

第一条，当然是乐山大佛。大量的人都是冲着这个地方来的。多数人到乐山大佛，也就是看了一下那尊佛，发出几声惊叹，走了！至于景区内还有别的什么，根本也就不去关注，也不想去关注。把原本很有看头的地方，变成了没有看头或者是看头不大的地方。排队下九曲栈道，很难生出甚至不可能生出“至乐”的心性来。至于乐山大佛景区究竟有什么看头，会抽个时间在另一本中一一为您解密。

第二条，是城墙。乐山现存的城墙，被联合国城市管理机构（UMP）专家誉为“乐山的长城”（Leshan Great Wall）。乐山修建城墙，始于北周（557—581年）。现存的城墙大体是明清两代修建的。明代，依岷江或依山形修筑城墙。清晚期，为防战乱，在明城墙东北增修了半圈外城墙。建成后，共有城门17座。现有内城墙约3500米，高5.3～25米，顶宽3.5米，城门有丽正门、会江门、拱辰门、望洋门、来薰门、育贤门等，均用红砂石砌筑。前面已经说过丽正门，这儿再说。丽正门俗名铁牛门，石砌门作前后左右四出门洞，四门券交汇于穹心一点称“十字交叉拱”，在古建筑史上的价值颇高；外城墙现存600米，高5～6.2米，顶宽约3米，城门有人和门、平江门、承宣桥门、兴发街门。

第三条，就是崖墓。陕西有兵马俑，四川有三星堆，乐山有崖墓。乐山的崖墓很多，全国重点文物保护单位就有 1 个，省级 6 个。前面说过的麻浩崖墓位于现在乐山大佛景区内的凌云山、乌尤山之间，是中国乃至世界遗留最早的佛教石刻造像，也是中国目前唯一的专业崖墓遗址博物馆。1939 年，梁思成等人对现在竹公溪乐山广场段的白岩山崖墓进行了考察，并且有比较详细的记述。想了解，可以到网上搜来看。

第四条，当数老霄顶了吧！老霄顶又名高标山。公元 6 世纪的北周时期，乐山人就在山上建弘明观等宫观楼阁。隋炀帝大业末年又建飞天神王殿。北宋改飞天神王殿为万寿宫，又名神霄玉清宫，老霄顶之名由此而来。顶上现存古建筑有万寿观（又名万寿宫）、万景楼、灵官殿以及其他楼台亭阁。相邻的叮咚街（井），也是名气很大。

1100 年（宋哲宗元符三年），黄庭坚乘船来到乐山。在高标山下的广福院内，看到一眼老井，静听美妙的滴水声，不觉诗兴大发，立即为这里取了一个雅致的名称，叫“方响洞”，并赋诗记其事。诗名《题丁东水》：

古人题作丁东水，自古丁东直到今。

我为改名方响洞，要知山水有清音。

可是，不管黄庭坚怎么说，人们还是喜欢把这里叫作

“叮咚街（井）”。

当然，到了乐山市中区，除了去乐山大佛、到城区、到绿心，还可以到苏稽、杨湾、荔枝湾、临江、关庙、车子、安谷、茅桥……地方去玩，因为这些地方都是各种乐山美食的集中地，创始人在那儿。去了，也用不着担心像景区一样消费。担心挨宰的心理放下了，自然也就要得高兴了！

只可惜，今天的人们到乐山，除了看一眼乐山大佛，睡佛也很少有人看，更不用说其他景观了！

郑华 画

说过了地名，接下来简单说一说乐山人、乐山话、乐山那些有名的古道，随带解开一些历史谜题。

乐山人。人类历史，就是一部人口流动史。荒漠地区的人选择到有山林树木的地方去，深山区的人选择到浅山区去，浅山区的人选择到平坝地区去，小平坝地区的人选择到大平坝地区去，经济落后的地区选择到发达的地区去，农村的人选择到城镇去，小城镇的人选择到大城市去，这本是人口自然流动的规律。可是，这种自然流动在历史上很少。反而是战争、瘟疫造成某一地区人口锐减，在人口流动中占据了主要！

四川盆地，就是一个巨大的聚宝盆？洪荒时代，四围的山上往盆地中间移民，长江下游往上游移民，但都因为自然灾害的存在，一次又一次地消失得无影无踪。部落、氏族时代自然灾害、瘟疫之后，消失→移民→消失→移民……的周期律，到秦国撕开盆地的口子，就重重地加入了一次又一次的人祸！战争、瘟疫→十室九空→移民→安定不了一阵子→战争、瘟疫→十室九空→移民……这样的周期律持续了数千年！

出现这样的情况，盆子里面的人“好了伤疤忘了痛”？盆子外面的人就“渔翁得利”？如何冲出盆子？如何打破历史的魔咒？历史就像一把锋利的刀子，扎在人心上，不管您舒不舒服、安不安逸、认不认？总是回避不了的。每个人都容易利令智昏，对拥有权力者的监督和控制就成为必要，不然，不可能避免历史的周期律。

“神仙打架，凡人遭殃”，是因为凡人改正不了神仙们的错，更阻止不了神仙！“兴，百姓苦；亡，百姓苦。”说的也是这个理儿。如何让神仙们达成共识呢？没有了凡人，自然也就没有了神仙！凡人是皮，神仙是毛，“皮之不存，毛将焉附”？

经济基础决定上层建筑，上层建筑的反作用在生产力不发达的时候，显得尤其突出、尖锐、对立。当上层建筑在内部完成掠夺和统一之后，扩张的欲望就开始强烈起来了，膨胀起来了，日盛一日了！掠夺者也是被掠夺的对象，当拼野蛮拼不下去的时候，就开始寻求和好，迎来一阵暂时的繁荣。

历史就是这样，反复上演着天下大乱→人口锐减→大一统→官逼民反→革除弊制→改革中兴→民心离散→官逼民反→天下大乱→人口锐减→大一统→官逼民反→革除弊制→改革中兴→民心离散→官逼民反……的周期律。

尤其是在生产力不发达的情况下，更是如此。赤脚的，不怕穿鞋的——穿草鞋的，不怕穿布鞋的——穿布鞋的，不怕穿皮鞋的。当氏族、部落衰亡之后，国就成为利益关系的发动机。发动掠夺的，都被风水轮流转了！掠食者终将被掠食。

乐山人的历史就是这样一部人口流动史，应该说，可以说从开明故治那时或从冉人之后起，就已经是来自五湖四海了。战争、瘟疫占了主要，自然流动也是从来没有停止过。有人梳理，四川历史上有过 9 次大的移民——秦国移民、蜀汉移民、两晋移民、隋唐移民、五代移民、两宋移民、元末明初移民、清初移民、现当代移民，而每一次，乐山基本上都没有缺席。下面，从现有历史遗迹的角度进行一些简单的梳理。

第一波，远古移民。成都平原和岷江、青衣江、大渡河交汇的地形地貌，一开始就适宜人类居住。远古先民来乐山，主要有三种类型：

一类是从青藏高原和云贵高原迁徙而来，主要有冉人、蚕丛氏、柏灌氏、鱼凫氏……公元前 1055 年到公元前 1021 年中的某一年，羌人葛由骑木羊进入峨眉山。

一类是从长江中上游迁徙而来，开明氏从今天湖北一带逐渐沿江逆流而上，抵达乐山，最终取代望帝（杜宇）成为古蜀国的国王，并且深耕了 400 年之久。公元前 523 年到公元前 489 年中的某一年，相距千里之外的楚人陆通，就已经来峨眉山搭起简陋的房子居住，自己种来自己吃。杜宇氏同样有过从金沙江进入岷江，然后沿岷江经过乐山到成都的过程。

一类是从中原地区迁徙而来，生在公元前 571 年到公元前 471 年的老子，就在峨眉山修道，创立了道教。师从老子，活跃在春秋末到战国时期的鬼谷子，当年修行的鬼谷洞，至今仍然在峨眉山的雷洞坪。

传说中的天真皇人曾隐迹峨眉山，以苍玉筑室居于绝壁之下。室内座具都是用黄金做成的，侍者为仙童玉女，有豪清仙王三人陪坐。黄帝曾前往拜见问道，得授“五牙三一之文”。后又于峨眉山脚下再遇黄帝，授以《太上灵宝度人经》。后遇帝喾于牧德之台，又将《太上灵宝度人经》授予帝喾。

公元前 450 年至公元前 375 年之间，就有列子与伯昏瞀人（一说纪昌和甘蝇）在峨眉山比射箭的故事。纪昌，中国古代寓言故事人物，神箭手，出自《列子·汤问》。

这一阶段，是氏族壮大、迁徙、扩张、吞并的过程，虽然伴随有武力冲突，但是规模和伤亡都不大。主要的伤亡来自大自然，尤其是洪水、地震、泥石流等自然灾害。

大自然让一些种族消逝得无影无踪，直到遗迹被发现，才知道他们曾经存在，曾经一度非常强大地存在。但在强大的自然面前，其他一切所有的强大，都太过渺小，渺小到可以忽略不计。

第二波，泾水移民。秦国吞并六国是从蜀国开始的，秦国认为：蜀国很富裕，“富饶”，得到蜀国的布帛金银，“得其布帛金银”，军队的供给就有保证，“足供军用”；从蜀国的江河可以直接到楚国，“水通于楚”，有能征惯战的巴人，“有巴之劲卒”，坐大船顺流而下攻击楚国，“浮大舶船以东向楚”，占领楚国，“楚地可得”。占领了蜀国就等于占领了楚国，“得蜀则得楚”，占领了楚国就完成了统一大业，“楚亡而天下并矣”。(《华阳国志·蜀志》)

秦人惯常的方式，就是驱逐原住民，然后移民到那儿去。公元前309年，秦武王派兵南下，建立南安县，把行政中心设在今天的乐山市市中区，并从泾水地区迁来大量人口。

泾水全长450公里，流域面积4.78万平方公里，包括今天宁夏、甘肃、陕西3省区的13个县。正好与秦国故地对应，秦国故地包括陕西关中以及甘肃天水、平凉、庆阳、陇南和宁夏南部。

大量人口，大到什么程度呢？单单现在金口河区，就有万家之多。金口河这个地名的由来，一说就与泾水、泾口有关。

秦人在发展壮大的过程中，除了自身的人口增长，还吸收了其他的流动人口。所以，这波移民不单单是秦人，不只是秦人，还有许多六国的富商大贾，王子皇孙主动要求移民来四川（蜀地），他们认为在富庶的四川（蜀地），秦人的管辖相对比较松懈，可以自由经商贸易，发家致富。

到了汉代，当年迁来的秦人已经完全融入四川（蜀）人中，不仅继承了四川（蜀）人特有的那种恬淡与超然，也继承了四川（蜀）人的倔强。

这一时期，蜀守李冰，当时担任最高行政长官的李冰，带领乐山人干了两件大事，一件是开凿今天乐山大佛景区内的麻浩河，通正水道；一件是在今天五通桥区境内的红岩子，开凿了当时世界上最深的一口盐井。这种大口径、浅井深的凿井方法，直到北宋时期才被卓筒井凿井技术替代，维持专利时间长达 1200 多年。

秦人，实际上是今天的山东人中的一支，因为参与“三监之乱”被迫西迁。今天乐山话中的“火铲”“火钳”“撮箕”等等，与山东部分地区的方言一致。

今天的乐山，已经找不到当年泾水移民的影子，但是，人没了，文化还在，文化的火种流传下来。在今天的地名、遗留的历史遗迹中，仍然会有很多的证据，值得期待和深挖的证据，让旅游的人感兴趣的东西。

第三波，夜郎移民。说起这波移民，要先说夜郎、百越，才能勉强把前因后果搞得清楚。关于夜郎，今天我们只能从“夜郎自大”这个成语中去体会。

历史上，曾经多次出现夜郎，最早的夜郎国确实有那么一段时间强大过，夜郎王为了扩展地域，曾携家带眷，率领兵卒，先后在今天的贵州、云南、四川等地多处建立城池。司马迁《史记·西南夷志》：“西南夷君长以什数，夜郎最大。”

究竟有多大呢？乐山作家罗家祥认为：夜郎国包括今天云南、贵州大部和广西、重庆的一小部分，大约40多万平方公里，约与今天面积38万平方公里、排名第八的云南省相当。

就是这么一个曾经强大过的夜郎国，到公元前28—公元前25年（西汉成帝河平年间），因与南方小国发生争斗，又不服从朝廷的调解，被平定了。

之后，晋代在贵州设置过夜郎郡，地点大约在今天贵州北盘江上游，距夜郎灭国已经300多年。诗仙李白说的夜郎，是唐玄宗天宝年时在今天贵州桐梓一带设的夜郎郡，距夜郎灭国已700多年。

历史上，用夜郎作县名更是出现过多次，晋代和唐代夜郎郡的首邑都叫夜郎县。唐初，在今天贵州石阡一带曾设置过夜郎县。不久，又在今天湖南新晃一带设置过夜郎县。宋代，也短时间在湖南新晃设置过夜郎县，这是历史上最后一个叫夜郎的县名。

再说百越，公元前219年（秦始皇二十八年）开始，就将百越纳入自己的版图。百越的地盘，在今天江苏南部到如今越南北部，这一长达七八千里的半月圈内。今天江苏南部、上海、浙江、福建、广东、海南、广西，以及越南北部，是古越人最集中的分布区。局部零散分布的越人，还包括今天湖南、江西、安徽等地。

西晋永嘉年间，中原战乱，引发持续3个多世纪的移民潮。中原人往百越的地盘上移，百越的人就往僚人的地盘上移，僚人就往夜郎的地盘上移，夜郎就往蜀（四川）人的地盘上移。

西晋末年，原来居住在今天广西、贵州、云南一带的数十万僚人入蜀（四川），从夜郎故地迁来的就有10多万户，

50 多万人，“迁十万余户约五十余万僚人”，今天犍为县罗城镇铁山一带，以及三江流域（岷江、青衣江、大渡河）聚居了大批僚人。这批人来乐山居住生活的时间不短，居住生活延续了 200 多年。

北周时，还在今天五通桥区金山镇一带，设置平羌县管理僚人。

乐山与夜郎扯上关系，是因为竹神崇拜。

夜郎国以竹为姓，竹王传说的故事最早见于《华阳国志》，其他如《后汉书》《水经注》《贵州通志》以及《贵阳志》《兴义志》《安顺志》等都有记述，但基本上都是转载《华阳国志》，只有《后汉书》有所删节，有所取舍，文字上也略有变化。

当然，还有犍为郡。唐代《通典·州郡》说：乐山，以前是夜郎国，“嘉州，故夜郎国”。汉武帝的时候，设置了犍为郡，“汉武开之，置犍为郡”。后汉、晋、宋、齐都沿袭下来，“后汉、晋、宋、齐皆因之”。宋代，宋祁《答劝农李渊宗嘉州江行》：“嘉月嘉州路，舸峨接画船。山围杜宇国，江入夜郎天。”与“夜郎说”相互印证。

据说，竹王生于竹溪，今天乐山市中区的竹公溪因此得名。除了竹文化，今天乐山市中区苏稽镇荻坪村还有僚人釉陶窑遗址。

第四波，江汉移民。因为移民主要来自湖北麻城等地，所以叫江汉移民。1236年至1275年，南宋末年抗击蒙古元军，在乐山、峨眉一带进行了长达40年的拉锯战。乐山抗元城垣，就有三处：

一是今天乐山大佛景区内的“三龟九顶城”，龟城山由此而得名。三龟九顶城是由三龟城、九顶城和乌尤城三座城组成，三龟城现有城墙两段，北段在龟山山脊上，由东向西，直达岷江河岸，全长约400米；东段筑于龟山西南侧，经东岩山东侧沿山嘴到篦子街，残长约300米。城西临岷江，以崖为墙。城内北部有圆形炮台一座，现名炮台山。周砌红砂条石，有磴道可上台顶。九顶城现存城墙三段：北段从灵宝塔北经望云峰北侧到望云峰西侧，全长约350米；东段始于就日峰北侧，经峰东侧到峰南，全长约300米；南段始于拥翠峰东侧，经峰南、丹霞峰，到祝融峰西南，全长约850米。城内现存炮台三座，祝融峰西南一座保存较好，圆形，红砂石筑成，与登山道相连。九顶城西临岷江，未筑城墙。

一处是今天犍为县孝姑镇岷江畔紫云山上的紫云城。紫云也叫子云，为了纪念汉代辞赋家扬雄（字子云）在这儿隐居，就取了这个名字。子云城的城墙城门，仍然残存。

一处是峨眉山上的宋皇坪。宋皇坪有“城墙边”“宋皇营”“前哨口”“哨楼口”等小地名。古城墙遗迹，周长约5公里。有一段保存较为完好的土垒墙，经丈量，内侧高约90厘米，墙顶宽约1.5米，断墙横截面基部宽约2米。

如此旷日持久的战争，使得四川人口锐减。南宋末年，四川人口超过1200万。南宋灭亡，四川人口仅剩12万户，大概五六十万人，不到鼎盛时期的5%。因人口太少，曾经一度并入陕西。

江汉移民，名义上是湖北麻城，实质上，麻城只是一个中转站。

“嘉州四谏”中安磐的祖先原本是山西人，明洪武年间（洪武是明太祖朱元璋的年号之一），官榜有名，圣旨不敢违抗，在“路邑催逼”之下，“奉旨分丁”，驱车泛舟，肩挑骡驮，举家由山西迁至湖广省麻城县孝感乡一带。在这里住下不到十年，又在“移民实川”的诏令下，转迁西蜀（四川）。途经陕西汉中进四川广元，过剑门关，披星戴月，日夜兼程，到了剑阁县……

大约在明英宗正统年间，安姓人又被官府威逼，在一个叫安佑的人带领南下，经成都顺岷江而下，落脚在今天乐山市中区嘉州宾馆滨河路一带（嘉定州西门昆山下的蛤蟆口）。安磐就出生在这里。安磐当的是明代的官，“仕于明”，去世后追赠少卿，安葬在今天乐山市中区剑丰乡共和村九组（安山），当地人称安大坟。

第五波，湖广移民。也叫“湖广填四川”。今天的乐山人，基本上就是这一波移民的后代。他们的宗祠、族谱等多数清晰可见，可以根据他们的宗祠、族谱等寻根溯源。

明末清初，四川遭受了又一次灭顶之灾。万历年间，四川大旱，“殍死无数”。同时，又出现大疫。

清顺治年间，又发生大饥荒，自陕北农民军兴起后，本地也兴起了一支名为摇黄军的流寇。后来，张献忠入蜀大肆杀戮平民，屠川西、川中各郡。

张献忠败亡后，这里成为南明和清军争夺的战场，战争持续了近 20 年。南明军队各将领在四川争夺地盘，“彼此互相残杀”，“东南大扰，庐舍一空”。杨展与王祥、马应试等在泸州混战，“屠泸卫而去”。

清军撤出成都，又将成都残余人口往北面驱赶，“驱而北”，到今天德阳绵阳一带（绵州），又全部杀光。

康熙以后，南明被灭。可是，好景不长，没过几年又发生三藩之乱，四川再次陷于战火。直到 1680 年以后，才基本稳定。

欧阳直《蜀乱》记载：除了乐山这些地方还剩下少量的人口，其他地方城市乡镇都屠尽杀绝了，“上南（嘉定）一带稍有孑遗，余则连城带邑屠尽杀绝，并无人种，且天地荒废，余粮尽空。”。

康熙《四川总志》：四川只剩下一个名字，人都没有了，“臣初保宁，见民之凋耗，城郭倾颓……然不过数百家……此外州县，非数十家或十数家，更有由家者。家孑遗，俨同空容……诚有川之名，无川之实”。

杨展（1604—1649 年），字玉梁，今天乐山人（四川嘉定）。1637 年（明崇祯十年）武进士第三名，明末重要将领，官封华阳侯，卒谥“忠惠”。

1646 年（顺治三年），张献忠听说杨展兵势强盛，非常害怕，率兵十余万，装金宝二百余舟，打算沿着青神江顺流而下，出川入楚。

杨展在今天眉山市彭山区江口大战张献忠，斩张献忠弟，纵火焚舟，大败张献忠。

近年，传说了 300 多年的张献忠江口沉银得到证实。

今天，沐川县的箭板镇、犍为县的水星寨等地，都有与张献忠相关的故事和传说。

除了上述五次因战乱、兵焚、瘟疫造成大的移民，还有政治、经济、社会引发的移民。

唐宋时期，乐山为当时西南佛教文化的重要所在。南丝绸之路、茶马古道，带来了巨大的人流和交往。

明清时期，各地盐商云集犍乐盐场。

抗战时期，“永利川厂”、武汉大学等内迁到乐山，1938 年至 1941 年，国民政府盐务总局在五通桥总理全国盐务，使五通桥成为战时名副其实的“盐业陪都”……

解放时期，解放军和大批北方干部南下，来到乐山。

“三线建设”时期，大批工人技术人员来到乐山。

……

这些迁徙、迁移、避乱、逃难中，一些小邑、小族因为主动迁徙、融合，或者是被动迁徙、隐姓埋名，消失得无影无踪。语言和文化断了，就一切都断了！

2007 年初，乐山广播电视报记者历时一个月，深入乐山 11 个区市县，作了实地体验，勾画出一幅乐山人的性格地图：

随性乐观井研人

朴实勤勉峨眉人

非常“日毛”沐川人

激情强悍沙湾人

轻柔精明五通人

半商半儒犍为人

温顺精巧夹江人

热情豪爽马边人

倔强狂野峨边人

顽强真切金口河人

中庸风雅市中区人

到底对不对呢？各人心中不一样吧！

乐山话。语言就像田地里的庄稼，受水土、气候、环境的影响特别大。十里不同天，口音这玩意儿就更是如此这般了，别说隔一座山、一条河，许多地方就是只隔了一根田坎儿，说话就不一样，口音就不一样。怪！硬（方言，真）是怪！

乡音也就是方言，说乐山方言之前，先说一下西南官话。因为，这是理解乐山话的一个切口，或者是断面。西南官话，包括四川、重庆、湖北西部、湖南西部、贵州、云南。西南官话的特点，是音系简单，除声调外与普通话高度一致。

郑华 画

四川境内的西南官话，主要有两个片：成渝片（成都、重庆、川东北）、灌赤片（四川都江堰到贵州赤水）。灌赤片，分为三个小片：岷江片、雅棉片（雅安—石棉）、仁富片（仁寿—内江—自贡—富顺）。

岷江片，从成都西郊沿岷江到重庆江津，包括成都西郊、眉山、乐山、泸州、宜宾、重庆江津。岷江片一个共同的特点，是保留古代入声，入声是普通话中所没有的一个声调。古汉语有“阴平、阳平、上声、去声、入声”五种声调。发入声的字，如：一、六、七、八、十、绿、客、屋，等等。

保留入声的方言，还有吴语——江苏南部部分地区、上海、浙江方言，江淮官话——江苏的长江以北方言，彰语——江西话，客家话，粤语。各个方言中，入声发音也是不同的，但都有一个共同特点，就是读音短促。

今天的乐山话，是北方语系和客家话不断融合的产物。从细类别来分，有近 30 种。最大的特色，就是保留了“入声”。一般的四川方言，就没有入声这个特殊的声调。因为，入声字在一般四川话中，都归为阳平了！

乐山有《乐山方言词典》《乐山话方言词典》。《乐山话方言词典》，以收录当代乐山方言日常用词为主，同时收录部分 20 世纪 70 年代以前的乐山口语词汇，共计 4800 个词条。接下来的呈现和展示，有许多依据的就是这 2 本词典。当然，还有更多是网友，是乐山人的精彩贡献。

在乐山，中部地区讲乐山方言，包括乐山市中区、五通桥区、沙湾区、犍为县；西北部地区的夹江县讲夹江方言；峨眉山市、峨边县、金口河区讲峨眉方言；西南部地区的马边县、沐川县讲嘉南方言；东部地区的井研县讲自贡方言。

一方水土养一方人，在乐山就是这么明显而突出。中部方言区，乐山市中区、五通桥区、犍为县正好集中在岷江上；夹江方言区，正好处在青衣江上；峨眉方言区，主要集中在大渡河上；嘉南方言正好靠近金沙江上，马边河、沐溪河赋予了他们的特质；自贡方言区，正好在茫溪河上。沙湾区，在相当长一段时间内，部分属于峨眉、部分属于乐山市中区，还有部分属于犍为。犍为靠近自贡的地方，也带有自贡方向的味道。

1、中部方言

乐山话和普通话发音较大的差别是无韵母 ai 音、无韵母 a 音，在这两个发音上混淆不分，比如乐山话的“百”和“八”发音混淆，难以用普通话的拼音来区分；又如把“侧”和“插”发音混淆，把“插黑”读成“侧黑”。因此，“七八元钱”和“七百元钱”在发音完全一样，意思却相差千里，真有一股说不出的酸爽和“开森”。

乐山方言中的“儿”尾不是附着在第一音节上，而是独立的音节，且有阴平和阳平的不同读音。为了区别开来，阴平的写为“咡”读“ēr”，阳平的写为“儿”读“ér”。很多唐宋时的词语，普通话早已弃置，而乐山方言中却很常用。

如：“向火”就出自唐代诗人元稹《拟醉》：“九月闲宵初向火，一樽清酒始竹杯。”“向火”指天寒时烤火。而且，乐山方言作为次方言，在保留主流官话的大部分词汇外，还增加了大量乐山特有词汇。这些词汇，即使在岷江方言片区的其他地方，也并不通用。

这一段读着有点闷，插一段民俗四川博客里，一首在苏格兰格拉斯哥留学人员新年聚餐会时，用乐山话读的情诗。

川南沙巴谢（十八县），谢谢（县县）有土话。灸斯（就是）我闷（们）卢山（乐山）木呆（没有），有兜斯（都是）跌巴跌（点把点）。如果你波（不）信，听我朗诵一首庐山（乐山）方言诗：

哟儿（月儿）弯弯挂在树颠颠儿上，

我和妹儿租（坐）在河别别（边边）儿上，

微风儿吹在我闷（们）的头发节节（尖尖）儿上。

河水冲打住（着）我们的脚趾母儿节节儿上。

我的手搭在妹儿的节（肩）棒（膀）儿上。

妹儿的脑科（壳）靠在我的心口儿上。

妹儿的脚肚子贴在我的连二杆上，惹（热）呼惹（热）呼，妹儿的头发节节（尖尖）扫在我的脸巴儿上，痒酥痒酥。

我苏（说），妹儿也，我闷（们）来打个呗儿吧！

妹儿温（问），啥子叫打呗儿哦？

我苏（说），资（这）个都波（不）晓呆（得）！

就思（是）亲嘴儿嘛！

妹儿苏（说）：哟喂，哟喂，羞死人了，我波（不）干，我波（不）干！

读着有趣，这是因为没有使用乐山“土话”。乐山方言里的很多词语，字面上和本身相差十万八千里，特别是那些乐山土话。如果没有译文，其他地方的根本就听不懂。

有一本专门用测试色盲的图册，体检时，连翻好几页，一乐山小青年都没法辨识，就要宣布属于色盲时，这小青年指着刚翻到的那一页，高兴得大喊大叫，“蛾蛾儿！蛾蛾儿……”蛾蛾儿，就是土话。乐山人把所有的蝴蝶，都叫蛾蛾儿；把蜻蜓，叫麻郎儿；把毛虫，叫活辣子，或者是洋辣子……

接下来，典型的乐山方言土语还是要罗列一些，主要是方便各位看官看到这里的时候，免得自己去翻，自己去查。这个免得，也是乐山话，书面叫省了！

霉扑烂榨：形容破烂不堪。

掺汉德是：形容自以为是。

莫给莫是：没有规矩，不懂礼数。

牙尖舌怪：搬弄是非，说话刻薄的意思。也指人卑鄙。

哦丝丝：形容声音尖利，嗓门大。

眉闭眼黑：形容黑的程度。

木呆：没得，即没有（注：在乐山话中木、莫同音，应为“莫得”）

和尚头儿：指膝盖。膝盖不就像和尚的头吗？很形象哦！四川大多数地区叫“克西头儿”

辣儿：耳光，如：掺你几辣儿。四川多数地区说：掺你几耳屎。

卧丁包、鹅公包：隆起的大包。（注：在乐山话中卧、鹅同音，应为“鹅丁包”，形容包大得像鹅头。）

猪儿埂：被条状物体用力击打后皮肤上隆起的条形肿块。此词常被父母用来吓唬孩子。

门各老：门后的角落，即“门旮旯”。四川不少地区说“门各各”。

红鸡公：乡下对摩托车的俗称。

猪鼻孔：又叫折耳根，学名鱼腥草。有的地区称猪屁股。

罗不枣儿：萝卜干。通常是白萝卜切成条晒干。

苏干儿：指橘子或广柑。有的地方把橘子叫苏干儿，把广柑叫黄果。

碳圆儿：简称“蜂窝煤”。

哈巴（hàbà）：“哈巴”发音，有反问质问语气，表示恐怕，不可能，不相信。一、恐怕。如：天气有点冷，你哈巴要多穿点衣哦。二、相当于普通话的“怎么可能”。如：儿子问爸爸：我可不可以上网哦？爸爸：“哈巴！你作业都没有做完，还想上网？”

喊黄：胡说之意。

麻郎儿：指蜻蜓。四川多数地区称“丁丁猫儿”。

麻糟儿：即麻雀。

干得：划算、值得。

搞刨咯：形容慌忙的样子。

弯儿拐旧：形容非常弯（含厌恶或者开玩笑）。

矮体塌爬：形容人长得矮，长得瘦。

高提：上面之意。其他地区说“高头”。

稀儿八脏：形容肮脏污秽的样子。

嘿几势：使劲、努力，表示程度加深。如：他一听到录取通知到了，就嘿儿是跑来拿。

一习火：同“嘿几势”。

架势：同“嘿几势”。也叫“架起势”。

日白：滑稽的搞笑、聊天、吹牛、撒谎、厉害、不诚实、没有什么意义。

卷：骂，挖苦。四川其他地区多说“噘”。

死吃憨胀：形容词，用来形容那种吃饱了还继续吃的人。其他地区常说“死吃烂胀”“哈吃哈胀”。

口水滴夺：形容人流口水的样子（多用于开玩笑）。

焉皮达垮：形容人憔悴瘦弱的样子，也就是精神状态不好。

警格导：动词，察觉，注意到。

单林：重新。也就是从头开始或者是从头再来。

木木怵怵：形容人糊涂，不明事理。

皮儿达儿的：形容人做事拖沓。

先联：刚才。

格以不（通常连读）：相当于普通话里的“看到了吧？”或“我说得没错吧？”例如：格以不，他就是那样子的人，你还帮他抱膀子，硬是的。

花儿污（污有时也作姑）当：形容某种东西杂乱无章或脏的样子。（也有发音花儿鼓当）。

纵眉花眼：形容某东西的褶皱多。通常用来表示贬低、瞧不起的意思，千万不能用来形容人的皮肤，可能引起争端或冲突。只能形容某种物品。（也有发音纵咪日眼，同义）。

来实：搭理之意。给某人来实起：对某人发火（强调主动）。

一深：助词，用在表示假设的分句后面，引起下文。相当于普通话里的“……的话”。例如：如果答到（摔倒）一深，就要积（去）医万（院）哦，不要忍哈，这点钱是省不得的哈。

风车车滴：形容一个人疯疯癫癫。

成的事：一个人长大后有出息。

撒午：午饭。

我被居了一哈：我被（尖锐的东西）扎了一下。

缺爬子：缺牙巴，指牙齿缺少、不全的人。

白火石：形容自大自负的人，同“赞花儿”。四川多数地区用来指没有真才实学，或没有真本事的人。

摸剁车倒了，给我抽起来一哈：“抽”动词，向上推、扶、抬等。摩托车倒了，帮我扶起来一下。

这儿摘录这么多，已经够意思了！想更多了解乐山话，自己买《乐山方言词典》《乐山话方言词典》来看。最好是到乐山来耍一阵子，那样就会在乐山人的感染和熏陶下，很好无师自通了。

巴适，确实巴适。

2、峨眉方言

峨眉方言与邻近区县大体相近，但又有一些差异，耳朵尖的人很容易就能够听出来。这种差异，主要是因为边界相邻，互相影响，就在语言和语音上，出现了中和、含混现象。如：峨眉人称呼第二个女儿为“二（ēr）姑儿”，与夹江县相邻的悦连有的地方就叫“二（er）女子”。“二”的读音，属于峨眉音系；“女子”的称呼，受夹江语言的影响。

又如：与乐山市中区苏稽镇严龙毗邻的符溪镇，“昨天”叫“晏（yàn）天”，“昨晚上”叫“晏（yàn）晚夕”，与严龙口音相近，为中和语言。平坝区说吃饭叫 chí 饭，龙池、悦连等山区说 kēi 饭。

峨眉方言在读音上，“四（世）”“十”不分，“柱”“猪”不分，“屋”“窝”不分，“莉”“立”不分、“义”“毅”不分，“气”“七”不分。如把射箭读成撕（si）箭，把柱头读成猪头……

峨眉方言“儿化词”很多。特别是在一个单音或多音词后面，都有一个“儿”字。如：姑儿、毛梨儿、桑泡儿、老者儿、老娘儿等等。读音声调以“儿”字前面的字音声调为转移，可以快速连读。但是，不能认为凡是后面带“儿”字的词都是“儿化词”。

一般说来，儿化词里的“儿”，本身就是这个词语的组成部分。不是儿化词的“儿”，是附加上去的语气词，虽然读起来也很像儿化词。

峨眉人称呼细小的东西，爱在名称后面加上一个“儿”字。鱼鳅儿、蜞蚂儿、壁虎儿、麻雀儿、小娃儿、小狗儿……娃儿子（儿童）、猪儿子（小猪）、牛儿子（小牛犊）、鸭儿子（小鸭）、芋儿子（芋头）、柑儿子（橘子）、树儿子（小树苗）等等。

峨眉方言儿化词的用法一般比较固定，带“儿”字的说法就比较灵活。

峨眉方言，日常口语中，还有一种拼读语言。把两个或三个音节的词拼成一个或两个音节来读。仅限于人们非常熟悉的日常词语，数量也不多。没有来——拼读成：mīu 来，不要——拼读成：biào，不怕得——拼读成：bā 得，一样的——拼读成：yāng 的，不晓得——拼读成：biāo 得，灵岩寺——拼读成：lián 寺（严寺）。

峨眉方言还有变调词，两个相连的去声叠字词，在说话时，后一个字音变为阴平声调，前一个字音不变，形成语音的高低悦耳。帕帕——读成 pǎpa，盖盖——读成 gěgai，蛋蛋——读成 dǎndan，糖糖——读成 tǎngtang，睡觉觉——读成 shuǐgǎogao。

峨眉方言中，还有一个由三个象声字组成的词语——

“杂各儿”（zágēēr）。可以代替人们许多想说，又不便说，或一时难于准确说出的意思，也叫“多功能词”。这种说法，虽然没有把意思明显说出来，但峨眉人一听，都懂得真实含义。

如：形容一个人讲究礼貌：“你这个人硬是‘杂各儿’”；形容一个人太不够朋友：“这个人太‘杂各儿’了！”；说一个人不通人情：“这个人硬是不‘杂各儿’！”；一个人脾气古怪：“这个人的脾气有点‘杂各儿’”；比喻一个人很风趣：“这个人的脾气有点‘杂各儿’得很”，等等。

另外，还有一个奇怪的多功能词——“龙衣秀才”。这个词，本来是普遍流传于峨眉方言区一个民间机智人物传说中，主人公的称呼。由于传说中，主人公的典型性格具有的普遍代表性，就成为人们借来形容那些在日常生活中，类似“龙衣秀才”性格的人，时间长了，就成为日常生活中，常用的一个多功能词。

如：形容一个人做事、干工作偷懒。“你这个人做活路就像‘龙衣秀才’一样！”形容一个做事不能干：“做点事情就像‘龙衣秀才’。”形容一个人说话吞吞吐吐：“你这个人说话，咋像个‘龙衣秀才’啊！”形容走路迟缓：“走起路就像‘龙衣秀才’”，等等。

峨眉方言中，经常爱用“勒”字加强和夸张某种动作，听起来特别生动有力。如：说某人走路快，就说：“某人走起路来‘勒’得飞快”；某人做事快当得很，硬是“勒”得风吼；也可说走路特快，叫“勒”得飙，等等。

“的”字在峨眉方言中，有两种读音 de、di，而且在大多数情况下，这两种读音可以自由替换。如：“井里的水清亮不？”“浑得浑不得的！”（水非常浑浊，不能再浑浊了）；“那块娃儿性格好不好嘛？”“好啥子哦，颤得颤不得的！”（好表现，爱出风头，显摆），“你觉得我这个头式咋样辣？”“嘿嘿，瓜得瓜不得的！”（傻乎乎的）“你是不是的？你是不是还要说？”（表示愤怒，如果对方再说下去可能要打架了）

3、夹江方言

夹江方言之所以特殊，是与其他地方方言差别很大，就是因为入声的原因。夹江方言 5 个声调中，4 个与普通话相同的声调都很低，这与普通话的高音差别很大，而多出的入声声调则很高，应该是岷江片入声发音最高的方言。而且夹江话 an 和 ang 相混，这也是夹江话的独特之处。

为了整醒豁，来两段话搞个对比：

乐山中部方言：该边边上有个卖“慈姑儿”的老娘儿，

我们“家公”过鸡说买，一哈看到我们“老老”也带辣儿，“老老”问“家公”：“娃儿的‘家家’在辣儿扯‘二七十’，你咋个没有‘抱膀子’囡？”

夹江方言：干盐砍杠有块卖“积歌儿”的老腻儿，呕家公国及说买，一火令看倒呕爷爷野呆纳根儿，爷爷问家公：“娃儿的家婆呆勒各踏踏整‘豆十四’（是另外一种川牌，与“二七十”不同），你岔儿密有及‘抱膀子’囡？”

书面语言：街边上有个卖荸荠的老太婆，我的外公过去买点儿，一下子看到了我的爷爷在那儿。爷爷问外公：“孩子的外婆正在那里打‘二七十’（一种流行于乐山地区的纸牌，称为五通桥牌）呢，你怎么不去当‘参谋’呢？”

乐山中部方言：小明对小红说：“一哈哈儿我们一起起‘簪马朗儿’（有些地区称为：拱牛）。”小红说：“不干，我和东东等哈要起逮‘囡囡’。”小明说：“我请你吃‘缫丝糖’，你陪我起嘛。”小红说：“我们‘阿匪’嘛，哪个赢了就听哪个的。”小明说：“你不陪我去，我就逮‘区公儿’放在你的文具盒头。”

夹江方言：小明对小红说：“一七七儿我们一起及讨‘橘儿干’（橘子）。”小红说：“不干，我和东狗儿等七七儿要及钓‘老木丛’（蛹）。”小明说：“我请你吃‘绞绞儿糖’，哏搭钩儿甜立，你陪我及嘛。”小红说：“我们‘扯虚儿’，萨块赢了就听萨块立。”小明说：“你不陪我及，我整‘活辣子’（毛虫）呆李立仅巷头（颈项）。”

书面语言：小明对小红说：“等会儿我们一起去捉蜻蜓吧。”小红说：“不行！待会儿我要和冬冬去捉蝉。”小明说：“我请你吃苕丝糖（红薯切丝，然后经过蒸、晒、炸等工序做出来的食品），你陪我去嘛！”小红说：“我们来比手心手背（一种决定胜负方式的游戏，与“石头、剪刀、布”相似）吧，谁赢了就听谁的！”小明说：“你不陪我去，我就去捉蛆虫放在你的文具盒里！”

比较典型的夹江口音：

娘格儿：做什么。

窑哇：语气词（叹息）。

撮过漏：嘴巴不能保守秘密的人。

液添各：昨天。

岔写：怎么。

风潭火石：表示做事情神经兮兮的。

夜割丢：对，正确。

白耳门：听不进别人的建议一味地我行我素。

眉闭眼合：一般表示困了，眼皮不听使唤。

腻立：你家的或你的。

漏立：他家的或他的。

呕立：我家的或我的。

显屁儿白：觉得自己很厉害。类似于显摆。

克饭：吃饭。

星宿子：星星。

月儿光：月亮。

搞呢儿嘛：干什么嘛？有什么事嘛？

且活闪：闪电，雷电。乐山其他地方也有叫“扯亮闪”的。

4、自贡方言

对自贡方言，往往错误地认为自贡话一律卷舌，其实自贡话是区分平翘舌音的，自贡话中，古知章组字为翘舌音，但古庄组字中有相当一批字为平舌音，如生、数、初、事这类字，为 sen、su、cu、si，带有典型的南京音系特征。北京话中这类字大部分却念成翘舌音，因此自贡话的平翘舌音规律与普通话和北京话并不完全一致，而与老派南京话、苏州评弹的翘舌音相差不大。

自贡话还有两块飞地：第一块飞地，是宜宾市筠连县、云南省昭通市盐津县连片大部；第二块飞地，是泸州市古蔺县和贵州省遵义市仁怀市茅台镇小部。这两个地区，虽然不与自贡市毗邻，但它们的方言却是从自贡盐场带去的，与自贡盐业历史具有直接的深厚渊源。

“我现在火撒撒的哦，不要惹我！”“看你火撒撒的，吃了火药啊？”形容一个人的正在发怒，或者即将发怒！

“你不要和我两个乌二麻杂的哈！老实交代！”意思是不要弄虚作假，浑水摸鱼。

“这件事情我们大家就把它抹合好！”就是办好。

……

5、嘉南方言

嘉南方言，主要是夹杂着多个民族的方言。现如今的沐川县除了汉族，还有彝族、藏族、羌族、苗族、回族、侗族、瑶族、蒙古族、土家族、傈僳族、满族、纳西族、布依族、白族、壮族、傣族等民族分布；马边有 20 多个民族分布。

嘉南方言区，主要是乐山中部方言、宜宾方言、彝语方言、苗语方言等等的大杂烩。彝语属于彝语北部方言，主要是义诺土语和田坝土语。苗语属于苗语西部方言，部分与彝语相通。

宜宾方言入声韵在演变过程中，主要元音发生变化，入声韵与阳声整齐配合的纽带不复存在。“吃”“日”“得”等字的发音，就是入声，可以明显地与四川话中无入声的成渝片发音分开。“到哪儿去”，说成“到哪儿克”，“盐巴”说成“银巴”，“下一碗面”说成“下一碗命”……

宜宾方言，每句话里喜欢加“一”，起到加强语气的作用。“掺你一耳屎”“袜你一壳锤儿”“抖你一窝心脚”“杖你一皮驼”“甩你一锭子”……如果不加“一”，好多人觉得过不得，好像心头空蒿蒿的。当然，“一”也不是死的，有时也会变成“二”“三”“四”“五”“六”“七”“八”“九”“十”，“瓜二秃气”（傻），“鬼五六七”（乱七八糟），“帮翘八硬”（很硬），“务十包斤”（干没意义的事情），“饼蹦十八震”（弄出很大的声响），等等。

郑华　画

宜宾人说话很爱加补语，可能是觉得一个词只是简单地说出来带不出强烈而沸腾的感情，再加上宜宾话的尾音压得比较重，一个平淡的词语从一个宜宾人口中说出来的时候就变得有盐有味了。吃气质、吃害了、吃跑堂（吃了东西不付钱），改尾缴（帮别人忙），我儿编（我说的是实话，有发誓的意思），一发财、一发势（突然），唱转刚（说是非），惊爪爪（说话声音大），惊叫唤（声音大），怪迷色样（怪），嘎儿马洒（没意思的东西）……

6、犍为方言

这儿，很有必要说一下犍为方言。犍为方言属于北方方言西南官话区。黄雪贞《西南官话的分区（稿）》把犍为话归为“灌赤片岷江小片”，李蓝《西南官话的分区（稿）》把犍为话归为“西蜀片岷赤小片”，名称有一点小小的差异，但内容基本一致。犍为方言共有五个调类，分别是阴平、阳平、上声、去声和入声。

入声，是四川方言里最难懂的。使用区域：犍为县、五通桥区、乐山市中区、沙湾区、沐川县。典型方言：

呀尖色怪——搬弄是非，说话刻薄。也指人卑鄙。

麦到（mādào）——认为，以为。

搞刨咯——很忙、慌张。

一葩（pā）拉——一大堆。

掺汉德是——自以为是。

趴丁包——身体碰到硬物后隆起的大包。

“吃、湿、急、绿、白、客”等字就是入声字。普通话、一般四川话都没有这种急促的声调。此外，保留入声的方言还有吴语（江苏南部、上海、浙江方言），江淮官话（江苏的长江以北方言），赣语（江西话），客家话，粤语。乐山话的入声发音和吴语最接近，大部分入声字在上海话中和乐山话中读音是完全相同的。

也正是这个“化石级”的语言现象，使许多人听不懂。听不懂的人大多认为“土”到极致。为啥乐山话和成都话为代表的四川话发音差异大，仅声调接近呢？有的方言研究者认为，明代以前的四川话和长江下游的江淮官话（以扬州话为代表）是非常一致的，同属南方官话（南音）。

元末明初，北方话（北音）从中原大举南下，和湖北的南方官话、湘语融合成了湖广话，湖广话随湖广填四川的移民进入四川。湖广话很快就在四川大部分人烟稀少的地区融入老四川话，形成如今以成都为代表的四川话。

岷江流域人口稠密，移民多为下江人。下江，长江下游。下江话（吴语）与当地方言进行融合，成为如今的乐山话。乐山方言中湖广话的成分更少，是更纯洁的南方官话。有人认为乐山话才是更正宗的四川官话。而成都话、重庆话都是一种移民话，是湖广话的四川变体，是北方话的一个衍生物。

如一位北方人到乐山某餐厅吃饭，按服务员的推荐要了一份“板鸭豆腐”。可菜上桌时却只见豆腐不见板鸭，双方发生争执。整了大半天才搞清楚，根本就没有“板鸭豆腐”，而是“白油豆腐”。乐山方言“白油”，与普通话“板鸭”发音很相近，以致造成“板鸭”泡汤。

犍为方言，最有特点的，当属犍为俚语。俚语，就是方言俗语，是中国传统文化的重要组成部分，在民间文学艺术宝库中占有特殊地位。俚语一般质朴明快，形象生动，多寓含哲理，给人智慧与启迪。赖金普《犍为俚语》，四川辞书出版社，2013 年出版。共收录方言词汇、短语 1500 多条，20 多万字。

赖金普多年来潜心研究乐山本地方言，在推出《犍为俚语》之前，对乐山方言早有贡献：1982 年协助当时的乐山市志办拟定《乐山方言音系》，1996 年参与编写《乐山方言辞典》，2005 年出版《犍为方言纪略》。

地方语言的存在、变化与延续，不仅是一方水土一方人，而且可以从此摸清他们的来龙去脉。比如“毒药痨人”这句话，据四川大学方言专家崔荣昌教授考证，就来自西汉年间的山西移民。根据赖金普先生的研究，现在的费姓，景姓，于姓，陈姓等，在宋代以前就居住在犍为一带了，而人口数量比较多的李、赵、吴、焦等姓氏，则是明代洪武年前后来到犍为。黄潮更是认为：犍为俚语就像一棵参天大树，它的根须，布满了中国的版图。

犍为话又是保存古音古意比较多的，“白雨”，犍为人是指夏天出太阳的同时天上又在下雨，就来自唐朝。“向火”，天寒地冻烤火，在唐朝诗人元稹的诗中也找到注脚，“九月闲宵初向火，一樽清酒始竹杯。”

一些人和事，只有用犍为方言说起来才传神，比如说对于一些不干事的实权人物，说他是“占到茅坑不屙屎”。雨后出现彩虹，犍为人说，出“杠”了。让人联想起抬石头的木杠，两头翘中间弯，形象直观。下面这组三字词，让犍为人来说，才充满那股味儿。

一个儿——只有一个人。

一么多——很多。

一发势——很猛、很快。

一仰堂——滑倒，后背着地。

一色的——同一颜色。

一买卖——只有一次。

一斩齐——长短粗细大小都一样。

一品排——一字排开。

一竿竿——不分青红皂白。

一饼巴——乱涂乱画，看不清楚。

一根笋——长期以来。

一根筋——认死理。

一党党——很多。

一笆拉——很多。

一脱座——很突然。

一揽子——全部包括了。

一搂气——动作很连贯，做事很干脆。

一窖窖——很多。

一歇的——全部。

有人用犍为话讲诸葛亮的《出师表》，会把肚子都笑痛。

听亮伯伯给你摆几句龙门阵：你老汉儿在社会上操的时候，半道上就遭洗白了。这哈地盘分成三坨，成都老窝子可能是癞疙宝（蟾蜍）吃豇豆——悬吊吊的，水都安到嘴皮边

边了。还好那些兄弟伙些扎得起，里里外外搂倒在，袍哥人家绝不拉稀摆带。你现在就要个人攒劲，把你老汉儿的气质拿出来，让弟兄们脸上有光，不要畏畏缩缩的，让别个把你当瓜娃子。

不管是你刘家兜巴叶子，还是手下的丘儿，不要分成三六九等，内伙子要一视同仁，人家才给你卖命。郭二娃、费跛子、董麻子没得二心，是你老汉儿给你留的铁杆儿，屋头的事就让他们守倒；向秃子，脑壳精灵，打架得行，外头的事喊他摆平。

你们刘家那么行实，为啥子现在整成这个造型？说穿了就是没用对人，尽招些光吃饭不干活路，一天到黑磨洋工的土人。你老汉儿以前一说起就气得跳脚。侍中、尚书、长史、参军，这几个人入伙是我当的介绍人，这些人就靠得住，跟倒大哥操，不得挨飞刀。

我原来是南阳乡坝头的，光脚杆农二哥，只求一日三餐，不想惹火烧身。但是你老汉儿看得起我，三回把我堵到茅斯头，专门听我摆些玄龙门阵。我也经不起豁，想糠箩兜跳到米箩兜，就跟倒他出来混，一晃就是二十多年。后来遇到堂子遭人踩，你老汉儿把烂摊子交给我就一命呜呼了，我现在整个猫抓糍粑——脱不到爪爪了。

为了不臊你老汉儿的皮，我端阳节粽子都没吃就拉起人马杀过泸河，一直杀到鸟都不拉屎的地方才杀割。现在南方没得哪个敢打翻天云了，我们手里头还有硬火，弟兄些该按摩的按摩，该乱摸的乱摸，拉撑耍，然后打回老家去，弄死那些瓜娃子，抢回地盘，重修祖坟，才对得起刘家的先人板板。

外面哪些堂子野，哪些窝子臊得臊不得，郭二娃、费跛子、董麻子会给你出主意，要是他几爷子占到茅厕不屙屎，老子回来给他们好看。你个人心头也要有哈数。这次我带弟兄些出门去操，要死要活回来再说。

哎呀，你听话就阿弥陀佛了，我要走求了。就写这么多，规遇了，眼泪把键盘都打焦湿了，也不晓得写了些啥子。

各位看官，看到这儿，不知道是不是把乐山话看明白了。看不明白，也不要紧。反正今天的乐山人，说普通话的已经多了。不说普通话的，会说方言土语的，也只是在用乐山腔、乐山音、乐山调来说书面语言。因此，好懂，绝对好懂，好懂得很！

乐山那些有名的古道。对乐山古道的研究和著文，当数唐长寿。唐长寿，1982 年毕业于武汉大学历史系考古专业。中国考古学会会员、中国文物学会会员、中国汉画学会理事、四川省历史学会、郭沫若学会理事。

据唐长寿的研究和考证：乐山从古蜀国那时起，就是水陆要道，从成都、川西高原出川，最方便的就是岷江、青衣江、大渡河，而这 3 条江河都经过乐山，在乐山大佛脚下汇合。

从古到今，水运成本都是最低的，古人更擅长水陆并举。

乐山境内现有 104 条河流，224 座水库，29 条堰渠，大的河流当然是岷江、青衣江、大渡河，其次是峨眉河、马边河、沐溪河、茫溪河、官料河、磨池河、泥溪河、龙溪河、临江河、金牛河、沫溪河、竹公溪……这些河流、水库、堰渠都是可以通行竹（木）筏、小船什么的，以致至今乐山境内南方丝绸之路、茶马古道等历史遗迹众多。

通观各方面的研究、搜集、整理，唐长寿对南方丝绸之路、对乐山古驿道有深入的研究，不仅进行了深入、周到、详细的考证，还拍了不少的遗迹图片，历代多人也有很多的记述。这里只是摘录他们的精要，想细看的各位，可以去读他们的专著、翻他们的文章、他们的博客。

南方丝绸之路，就是最早通往古印度的商贸道，从四川到印度，“蜀身毒道”。从成都出发有两条支线，东支是今天的成都——乐山——宜宾（岷江道），宜宾——云南昭通——曲靖（五尺道）……西支是今天的成都——雅安——西昌……两支都在大理汇合后，再出国界，经博南山道和缅甸到古代的印度。

茶马古道通行的线路，在乐山，似乎与南方丝绸之路紧密相连，多处重合在一起。

乐山地理位置上的岷江道、平羌江道、阳山江道、沐源川道，在南方丝绸之路和茶马古道中占据重要位置，留下很多人文景观，值得沿路一游。

余龙 画

岷江道

当下乐山境内的岷江段，从乐山市中区悦来乡与眉山市青神县汉阳镇交界处起，在乐山大佛面前与在今天滟澜州处已经合流的青衣江、大渡河汇流，仍然叫岷江，流经五通桥区，到犍为县新民镇截止。这样一段，说长也不长，说短也不短。真要细说清楚，还是很费心力。

先说水路。即便到今天，水运也是最方便、价格最低廉的运输方式，能建航道、走水路的地方，人们都喜欢做这样的选择。岷江水道作为官道，最迟在秦代已经贯通，因为蜀守李冰组织人凿离碓、通正岷江航道。

《三国演义》里面那个名声响当当的“常山赵子龙”（赵云），就是从岷江逆流而上，最后到的成都。《资治通鉴》：“分遣赵云从外水定江阳、犍为，飞定巴西、德阳。”今天五通桥区境内的牟罗寨，也有关于赵云的故事和传说。

岷江在乐山境内已经是中下游，中游那一段儿，除了平羌小三峡那一段儿弯道多一点、大一点，其他也没啥，到了乐山大佛面前，就是下游。下游虽然有大渡河、青衣江等多条河水、溪流的汇入，但是分叉比较多，以致水势多数地段比较平缓，适合航运。

而且，乐山境内的岷江段，城镇非常密集，加之“犍乐盐场”繁荣生息上千年，带来水运繁荣兴盛。最高峰时，仅今天五通桥区境内，大大小小的码头就有上百个。城区、场镇、乡村之间，都有多个码头、渡口、驿站往来相通，互为通达。精彩的故事，留到相关的区、市、县里讲，不然，那儿会空，没得啥子看头。

唐代，记载下来的，比较有名的水驿，就有今天关庙乡苏坪村一带（平羌县城）、乐山中心城区（嘉州及龙游县城）、玉津县城（今牛华镇或冠英镇），犍为县城、犍为县清溪镇（清溪驿）等等，李白、杜甫等也是通过这条岷江水道出川或者是到成都。

宋代，水驿有今天乐山市中区关庙乡苏坪村一带的平羌驿、乐山大佛景区八仙洞码头一带的凌云驿、五通桥区金粟镇的三圣驿、犍为县清溪镇的沉犀驿、犍为县孝姑镇的下坝驿。陆游曾经在平羌驿住宿，范成大曾经在下坝驿住宿。

元代，大规模建设驿站，今天乐山市中区悦来乡一带平羌水站、乐山中心城区的南门水站（嘉定城）、赵坝水站、五通桥区金粟镇的三圣水站、犍为县沙嘴渡口的净江水站、犍为县境内的犍为水站、下坝水站等，都配备了 6 只站船和 4 头牛。

明代，只是把元代的水站改为水驿。今天乐山市中区悦来乡一带的平羌水驿，就有站船4只，水夫20名。而且，大规模地治理岷江航道，平险滩。治理“蜀江第一险滩”的犍为叉鱼子最为著名。

叉鱼子，又叫叉鱼滩、蟆颐滩，因为水中有一块像鱼的石头、山上有一块像叉子的石头，就把这个名字叫上了。民国《犍为县志》记载：叉鱼子，县北五里，一石潜伏江中，修长如鱼；山上一石横卧，三叉如刃，故名。冬春水涸，极险。有“蜀江第一险滩”之称。岩石上有“蜀江第一”“鼓浪吹波”“朱霞九光”等摩崖大字。

清代徐心余《蜀游闻见录》：这个地方立得有碑，要求过往的人先上岸，等过了再上船，但是，船家嫌麻烦，往往不告诉船上的人，以致经常发生事故。原话是：“车（叉）鱼子者，为川省著名第一险滩。滩为犍为县辖境，两头有犍为县立碑，严谕过往行人，抵滩时须将行李物件，登岸避之，滩过再登舟。而船家以烦琐故，往往不告客而径过之。失事者无日无之……天方明，即抵滩，余披衣起，天寒甚，懒于登岸。迨驶近滩中，波浪翻腾，船几倾覆不可救。余在舱中，为浪所击，倾跌如翻斤斗者再，神已失，气已促矣。”

叉鱼滩的险，被多少人视为畏途；又因为险，成为历代诗人歌咏的对象。清代，就有邵墩、刘肇堂、李永镇、林思进等先后作叉鱼滩诗。邵墩《叉鱼子》：

就下水之性，奚舍顺而逆。
如雷喷霜涛，为祟皆由石。
或齿齿攒锋，或粼粼灿白。
命与鱼龙争，黤惨朝连夕。
簸荡欲倾岩，行人丧魂魄。
上滩百丈牵，引臂如猿掖。
下滩一叶轻，随波如梭掷。
人欲脱蛟涎，滩陆行踯躅。
所以待舟亭，数椽营自昔。
宋后继以姚，作庙乃奕奕。
稔知人世间，平路岂容择。
再拜窃有祈，祈神普惠泽。
长此庆安澜，山青江水碧。

张问陶《犍为道中》：

叉鱼东下舟如飞，乘风晓发迎朝晖。
人烟高下露城堞，流水一弯山四围。
三根蟠石皱成茧，玲珑百万古窍眼。
孝女岩前浪作花，船头漩急江千转。

怪鸟一呼惊午梦，过窗立石如翁仲。

划眼轩然起大波，万船揉簸滩声重。

乌蒙西望回愁予，淫雨蛮烟万里馀。

从古文人无事业，通夷敢笑马相如。

清代，全面设置铺递，中期以后多设铺，大约十里就有一铺。从今天乐山市中区悦来乡开始，乐山境内就有关子门铺、板桥溪铺、平羌铺（关庙）、牟子铺、横梁铺（通江）、茶山铺（车子）、乌木铺（杨家）、普通铺（冠英）、西坝铺、罗叶铺、黄角铺等等。

余龙 画

再说陆路，最早走这条线路的古蜀先民，是秦灭蜀后，南迁的蜀王子安阳王。安阳王率领兵将 3 万人，沿着这条线路进入了越南北部红河地区，建立了被越南历史上称为“蜀朝”的瓯骆国。

在这条陆路上，最有名的地段，当数这段不到 10 公里，从乐山市中区关庙乡板桥溪，穿越平羌小三峡东岸山岭，经“关子门”到眉山市青神县汉阳镇新路口的路段，古代叫“熊耳古道”。叫熊耳，是因为有熊耳山。

相传在三国时，足智多谋的诸葛亮为了能够隐蔽地在这儿屯兵，然后采取突袭的战术平定羌人，就开凿了这条路。唐《元和郡县志》引《图经》：“诸葛武侯凿山开道，即熊耳峡东古道。”《舆地纪胜》：“熊耳峡，诸葛武侯凿山开道。”

“熊耳古道”是南方丝绸之路中最重要的一段。一直到清晚期，还设有新路铺、关子门铺和板桥铺等铺递。走“关子门”这条“熊耳古道”，虽然山路崎岖陡峭，但是，要比乘船走水路，或者是沿大路走汉阳方向，要近 15 公里左右。现存古道路面宽 1.5 至 2 米，路面大多采用长 0.9 至 1 米，厚 0.1 至 0.2 米的红砂石石板铺设，也有少量的雅石质石板，在一些路段，仍清晰可见马帮经过时，被骡马铁蹄踩踏后留下的脚窝。从长板坡沿着古道蜿蜒上山，必须经过一段高高的山埂，古道靠近岷江这一面，就是几十米高的悬崖。

余龙　画

“关子门”垭口宽 3 至 4 米，长约 20 米，两侧悬崖矮的地方有 6 米，高的 10 多米，关内原设置的关防哨卡。左侧崖壁上的明代造像，龛高 2 米，宽 1.2 米，深 0.9 米。右侧为一典型清代风格的门楼式石刻，门楼坐西南向东北，高 1.8 米，宽 2.1 米；内高 0.7 米，宽 0.8 米，深 0.2 米，门楼为重檐式结构，两侧竖有抱鼓。

又有把“关子门”叫“凉风洞”的。在垭底左侧距地面约 6 米高的地方，仍有一处题记。“凉风洞”三个大字，字径约 0.8 米，落款为刘玉堂。清代，“关子门”设有哨卡，有官兵长年驻守，主要是查验过往行人的路引和征收茶税、盐税等。当时商贩通过“关子门”需要照票，也就是提供贩运的丝绸、茶叶和食盐等的合法手续，晚上要关门，关门后就严禁通行了。紧挨着“关子门”旁边的最高峰叫营盘山，因曾经驻扎有军队、建有营房而得名。

元代，乐山境内的陆路，还有凌云陆站、犍为陆站。在此，就不一一细说。

平羌江道

当下乐山境内的青衣江段，从乐山市夹江县木城镇与眉山市洪雅县三宝镇交界处起，到乐山市中区滟澜州处与大渡河合流，在乐山大佛面前汇入岷江。

青衣江，一直被认为是大渡河的支流。可在遍寻史迹的时候，青衣水这个名字的出现，要比大渡河早得多。连沫水、大渡水，也是先安在青衣江的脑壳上，后来才拿给大渡河去用的。

有关青衣水最早的文献记载，有据可查的是：公元前360年或者是公元前361年，迁徙到今山西省临猗县西南（瑕阳）的羌人就沿着青衣水走出岷山，经过秦国回到了魏国。《古本竹书纪年》：公元前360年（周显王九年），“瑕阳人自秦导岷山青衣水来归”。只是《水经·青衣水注》引《竹书纪年》时，时间变成了公元前361年（梁惠成王十年），“秦导”也变成了“秦道”，“梁惠成王十年，瑕阳人自秦道岷山青衣水来归。”

瑕阳人，有人说是冉人的后裔，“瑕阳”实际上“徒阳”，是冉人迁徙到了那儿的意思。冉族后裔读“冉”字的时候，汶川接近“让”，都江堰以及彭州接近“嚷”，邛崃以及周边接近“热”，带卷舌音。方诗铭、王修龄《古本竹书纪年辑证》，在这一条下按照《存真》上的说法，说“瑕”的读音接近雅安的方言，“瑕音近雅，雅山之南，梁州之边徼也”。似乎也可以说得通。

大渡河出现在历史记载中，要比青衣江晚100多年，《史记》记载："司马长卿便略定西夷……西至沬、若水。"司马长卿，也就是司马相如，与卓文君的爱情故事至今仍留传的司马相如。司马相如出使的时间，是公元前 135 年以后的事情。

公元前 135 年（汉武帝建元六年），司马相如担任郎官已经有好几年了，正逢唐蒙受命开通贵州（夜郎）以及贵州（夜郎）西面宜宾（僰中）的道路。唐蒙征发巴郡和蜀郡的公务员、事业单位人员、士兵上千人，"官吏士卒上千人"。西郡又为唐蒙征调陆路以及水上的运输人员一万多人。唐蒙又用战时法规杀了大帅，巴、蜀百姓非常害怕，"大为震惊恐惧"。巴郡——辖境相当于今天重庆和四川部分区域，蜀郡——管辖范围以今天成都一带为中心，西郡——辖境约相当于今天甘肃省永昌县西部以及山丹县一带。

汉武帝听到这种情况，就派司马相如来责备唐蒙，趁机告知巴、蜀百姓，唐蒙的所作所为不是汉武帝的本意。司马相如到达后，发布了一张《谕巴蜀檄》的公告，并采取恩威并施的手段，收到了良好的效果。司马相如这趟差出得漂亮，可以打满分，甚至加分。

这不，司马相如出差完了，向汉武帝汇报，正好今天凉山彝族自治州西昌市、雅安市汉源一带的邛、筰君长听说南夷已经与汉朝交往，请求汉朝委任他们官职。汉武帝就任命司马相如为中郎将，叫他持节出使，笼络西南夷。

司马相如平定了西南夷。今天凉山彝族自治州西昌市、雅安市汉源一带邛、筰的君长，阿坝藏族羌族自治州茂县一带冉、駹的君长，雅安市天全县一带斯、榆的君长，都请求成为汉朝的臣子。于是，拆除了旧有的关隘，使边关扩大，开通了灵关道，在大渡河上建桥，直通邛筰（今天凉山彝族自治州等地）。司马相如这一次回去后，没有升官，只是汉武帝特别高兴，也算是圆满。

大渡河放到阳山江道去细说，先回到青衣江上来。叫青衣江、青衣水、青衣县，都是因为当时穿青衣裳的羌族。青衣江叫平羌江，是 184 年（汉灵帝中平元年），改青衣江为“平羌江”。因为这一年的冬天，羌人的起义失败了。来到朝代的时序里，青衣江道就不叫青衣江道，叫平羌江道，或者是“嘉阳驿道”。

平羌江道的东线接入岷江道，从竹公溪白岩铺开始，过了石桥关，才开始沿青衣江逆流而上，经夹江、洪雅到雅安与西线灵关道汇合。这条道水陆并进，在汉代就已经成为能通车骑的官道，乐山境内可以说得出来的，共有 10 个站点。

1、白岩铺

就是现在乐山广场对面的白岩山这个位置，在竹公溪边上。东汉，白岩山上开凿了大量的崖墓。梁思成曾经考察、记述。宋代，白岩山成为游览胜地。其中三座崖墓分别称为“白云洞”“清风洞”“朝霞洞”，洞壁摩崖刻有大量的碑刻。1908 年，英国学者陶然士调查白岩山崖墓时，说“宋代时期，嘉定的一群崖墓设有门廊，作为夏天游人的休息处所。文人骚客离去之后，往往在墙上写题记，这些早就被打开的岩洞，每个人都可以亲临现场去目睹宋人的得意之作。”“白云洞”宋碑：“夹江县令高冲因干往平羌，来游三洞。时壬申（1092 年）四月二十九日。”明代，山下设有临江关和白岩铺，山上建蕴真寺。后来，蕴真寺的名气越来越大，白岩山也被乐山人称为蕴真洞，进而音讹为相近的“人生洞”，留名至今。

2、九溪铺

在今天乐山市中区王河园旁边。因竹公溪有条支流叫九溪而得名，铺旁有单孔石拱桥——万寿桥，据说是清代修建的。从九溪铺西行需要经过“接石碑”，传说清代以前嘉阳驿道还是土路，盐老板们便出钱，要脚夫们运盐到雅安后挑两块雅石，返回时铺在路上，把土路改成石板路。石板路完工后，人们立碑纪念出资的人，碑在搬运过程中不慎断裂，但重新接拢后又天衣无缝，就称这个碑是“接石碑”。过了“接石碑”，就是著名的棉竹铺，已是嘉阳驿道的第三个站。

3、棉竹铺

明代叫“连珠铺”，曾设立过“连珠关”，“今曰棉竹铺，音转讹也”（民国《乐山县志》）。清康熙年间，诗人王渔洋（王士祯）走嘉阳驿道路过这里“打尖”（中途吃便饭），仍然说是“食连珠铺”。棉竹铺，在清乾隆年间设通镇场，“商业丝蜡，上达雅州”（民国《乐山县志》）。作为一个古集镇，老街还保留有些许老房子。

棉竹铺北行有山叫女儿山，临青衣江，北宋初开渠引江水，成为乐山最老的两大古渠之一。明代重筑，叫永丰埝，当局用水改革，“先水尾，次水头，彼此无碍而秋成加倍”，成为乐山水利史上最值得称道的一件事。

清代乾隆年间把引水口下移至风洞了，使竹公溪水量倍增，可灌溉乐山城北 6000 余亩良田。主持这件事的是乐山县知事江昊鉴，因此，把这条渠的名字改为“江公埝”，算是报一饭之恩。

4、石桥关

驿道离开棉竹铺后，改沿青衣江前行往石桥冲。驿道在敖口一段，开凿在临江的山崖上，故称“敖口碥路”，属于栈道的一种。

石桥冲下有古渡可通苏稽，是乐山古城西面的屏障。清代晚期，为防止李蓝农民军进攻乐山城，清政府曾在这里设关，叫“石桥关”。

当时的嘉定府知府史致康特地撰文吹嘘：“上通邛雅，环山带水，不异函谷、雁门，诚一方锁钥也。”拿“石桥关”与名震华夏的“函谷关”和“雁门关”比肩，可见石桥关在当时当地交通的重要地位。

5、门坎铺

过石桥冲后，驿道进入夹江县境内的“门坎铺”。“门坎铺”设在夹江九盘山，又名“九盘铺”。九盘山古称九盘坂，沿江山崖错立，宋人杨翚记述：“有石峭拔如人立，俗谓之丈人峰”。峰后，有清人刻的“丈人峰”题刻。

九盘山上，明清石板驿路还存在数段，大多筑在悬崖边。故有“九盘羊肠”之称，被秀才们列为“夹江十景”之一，“自古竞传蜀道艰，九盘犹不易跻攀。萦回鸟迹前仍后，曲绕羊肠去复还。屏蔽嶲南垂带砺，纲维汉北锁江关。王阳莫道邛崃险，至此应须末解颜。”把这段路与灵关道上著名的九折坂相比，可见当时九盘驿道的艰险。路虽险，仍然

“车马往来，若蝼蚁之在途。”（杨翚《碧云亭记》）

从九盘山下山过盘渡河，渡口古称“溺渡”，后改名“蟠龙渡”。驿道过盘渡河，就进入夹江平原。所经陶渡村一带，在宋代属溺濡镇，溺濡镇是夹江宋代两大古镇之一。留到夹江的时候再详细陈述，这儿不再敷衍。

1927年，开通成（都）嘉（乐山）马路（后改称成乐公路）后，棉竹铺到夹江的这段沿江驿道才废弃了，但它的景色，仍像当年王士祯吟咏的那样：“嘉阳驿路俯江流，寒风潇潇送暮秋。谁识蛮中风景别，洋州风竹戴嵩牛。”

6、甘江铺

驿道沿青衣江西行到达“甘江铺”。甘江原名“乾江”，据说是因为古代南邻河道冬季干涸，而名“乾江”。清初，王士祯从成都南下嘉定（乐山），就曾“晚抵乾江铺”，并与夹江乔县令会面后，于次日离“乾江铺”取道嘉阳驿路东去嘉定（乐山）。后人图吉利，易“乾”为“甘”，改为“甘江”了。

甘江铺虽然是古镇，可惜民国时连续两场大火，把老街烧了个精光。《夹江县志》载：“民国丁卯年（1927年）县南甘江镇火灾。焚毁数百家。逾百日又火灾，毁损房舍。”

铺西驿道旁响堂坝，有乐山最早的古建筑杨公阙。阙为双阙，高达 5 米，全用红砂石砌成，阙上浮雕斗拱，覆有瓦当，雕有人物、龙、虎等形象，多姿多彩。阙身题铭为：“汉故益州太守杨府君讳宗字德仲墓道”，可知墓主是曾任郡太守的高官。

清代，何绍基路过，见杨公阙竟然处于水洼之中，有感而发：“响堂坝前森可睹，两阙相距才数武。一在水中一在渚，太惜邦人不好古。”照今天的说法，就是当地群众没有文物意识，不能自觉地保护文物。

抗战时期，梁思成调查杨公阙，曾作有趣的描述：“清咸丰中，二阙一在水中，一在渚侧。唯著者调查时，皆位于田塍间，无复寒潭啮蚀之患也。”

7、观音铺

驿道离开甘江铺后，经观音铺从夹江城南迎薰门进入古城，二十里驿路风光宛若江南，王士祯当年路过，“沟塍棋布，烟村暧然，类吴中风物。人家以竹为藩，微径通出入，时露茅茨，或闻鸡犬声，乃知有人”，确实是一片田园风光。

8、夹江古城

驿道经过的薛村有一处新石器时代的遗址，出土过石斧、双肩石斧、陶杯、陶纺轮等文物。《史记》记载：西汉宣虎封的侯邑就在夹江，故有史家认为汉南安县治就在夹江平原上，很可能就是今天的夹江城。可惜到现在，城墙只剩城南一段，不过几百米残墙。

9、古泾口

驿道离开夹江城沿青衣江西行，进入聚贤街，本为夹江水运码头，乡贤常在此聚会，故有此名。街依山傍水，清代民居古色古香，倒也不负此名。过聚贤街后便到了号称“青衣佳绝处”的千佛岩。

10、木城坝

也要留到说夹江的时候说。

阳山江道

大渡河，各种各样的叫法实在是太多，多得让人眼花缭乱。《山海经》中叫“青水”，《说文解字》中叫“渽水”，《水经注》中叫“沫水”。唐代，上游叫“金川”，清代正式叫“大渡河”。老百姓那儿，说法更多，这儿把这一溜的叫法都弄出来：北江、戢水、涐水、沫水、大渡水、濛水、泸水、泸河、阳、阳山江、羊山江、中镇河、鱼通河、金川、铜河。因为后面说到与大渡河，以及这林林总总的叫法有关的地方，还有很多，所以在此，有必要做一些铺垫，那是必须的。

余龙 画

大渡河的源头在青藏高原，青藏高原囊括了世界上绝大部分的7000米级、8000米级山峰，贡嘎是最靠东的一座。贡嘎山由北而南一字排开，犹如一组巨大的“屏风”。贡嘎雪线以上的降雪异常充沛，年降水量可达3000毫米。贡嘎区域拥有冰川76条，冰储量按照体积计算，相当于三峡水库总库容量的62%。如此巨大体量的冰川，从最高海拔7556米处，直奔最低海拔2979米处，中间相差4500多米，如同一道道接天连地的“冰雪天梯”。河水在高山峡谷中穿行，不说上游，就是中游，也很难通船。

大渡河上知名、独特的旅游景观，声誉早已在外，而且名播全球的，有4个：峨眉山、贡嘎山、海螺沟、金口河大峡谷。正在变得炙手可热，甚至热得发烫的，乐山境内就有黑竹沟、大瓦山、大渡河百里风光骑游绿廊等等。这些，不是单独立传，就是放在相关区县传中细说。这儿只说贡嘎山，海螺沟就在贡嘎山下。

大渡河什么时候叫的阳山江？已经无据可查，只有《新唐书·李德裕传》还有记载："道阳山江而达大度，乃分饷诸戍。"李德裕是晚唐名相、"牛李党争"的李派首领，832年（唐文宗太和六年），李德裕出任剑南西川节度使，对南诏（今云南省一带）作战，经过今天沙湾区太平镇黑岩的时候，留有碑刻："唐李德裕提重兵过此"。

阳山江道的起点，也是今天的乐山城，水路取道大渡河，大渡河又名阳山江，就取了阳山江道这个名字。阳山江道分为陆路和水路，陆路部分地段走向与大渡河一致，大部分地段则与今乐山到峨眉，再到峨边的公路一致。

由于峨眉山市符溪镇和金口河区都发现战国晚期蜀人墓葬，极有可能在战国晚期，这条道就已经成为民间通道。唐长寿认为：战国晚期，亡国后的蜀人南迁，已经采用了这条线路。北周、隋、唐在嘉州重建州、县，在今天峨边彝族自治县境内设沲和城、罗目县，阳山江道已成了重要的官道。唐代，从成都运往西昌一带的军粮都要经过这条路，尽管“地苦瘴毒，辇夫多死”，但商贸活动从未中断，甚至有些边寨将领还搞起“第二职业”——做漂木生意——放木筏到乐山牟取暴利。到了宋代以后，走水路就很少了，主要通过陆路。

蜀汉在今天凉山彝族自治州甘洛县境内的阿兹觉设新道县，218 年（建安二十三年）越嶲高定叛军围困新道县，犍为郡太守李严率骑兵驰援，大约走的就是这条古道。

唐代，阳山江道成为重要的官道。《蜀鉴》“旧制，岁杪运内粟赡黎、嶲，起嘉、眉，道阳山而达大渡，乃分饷诸戍。”意思是每年年底，政府把粮食从嘉州、眉州通过阳山江道运到黎州（今汉源）、嶲州（今西昌）分别供给各卫戍部队。

晚唐名相李德裕整治这条道，名声最大。率兵走水路，在大渡河墨崖（今名黑岩，在乐山城西南约 20 公里的大渡河东岸）留有碑刻，《舆地纪胜》载：“墨崖，有‘唐李德裕提重兵过此’九字。”

宋代这条道上，有一兵寨叫“铜山寨”，又叫“铜山道”。水路沿大渡河逆流而上，经沙湾（唐南林镇）、铜茨即铜街子（唐铜山镇）、峨边沙坪、金口河到雅安市汉源县与灵关道汇合，成为北宋与南诏国（云南）交往的重要通道，峨眉士人杨佐曾通过这条道，去南诏国做丝绸换马的生意。

明代，政府大规模建设驿道。从今天乐山中心城区（嘉定州）起，经乐山市中区苏稽镇（苏稽）、峨眉山市的符溪镇、罗目镇、高桥镇、龙池镇（符溪、罗目、高桥、龙池、射箭坪）后，在峨边彝族自治县新场乡（虎皮岗）分左右两路：左路过大渡河经峨边县城（沙坪）、金口河永和镇（罗回）……到镇西驿接灵关道，因此也叫“镇西古道”；右路则经金口河区金河镇（金河）、金口河区永胜乡境内（天池）……到汉源接灵关道。

清代，政府多设铺递、堡、墩、汛、卡等。市中区、峨眉山市境内有草鞋铺、苏稽铺、高山铺、古城铺、黄茅岗铺、杨村铺等。峨边、金口河境内有平夷堡（盐井溪）、归化堡（汛）、牛漩堡、太平墩、金口墩、沙坪汛等。路上新建有该道上最长的石桥——苏稽大石桥和大围关（大为）铁索桥等桥梁。

抗战时，新建乐西公路，初选线三条，最终选用了越嶲衣岭线，这条线在乐山境内的走向正好取用了阳山江道，在凉山境内则取用了灵关道。公路自乐山城西行跨青衣江、峨眉河，过峨眉县城沿峨眉山麓南下，越土地关至龙池，再循大为河到峨边新场后，沿大渡河北岸大瓦山下，取用了明代驿道右路。蓑衣岭上曾经立有当时的乐西公路工程总指挥赵祖康题“蓝缕开疆”石碑和王仁轩题“蓑衣岭”石碑。

阳山江道经济贸易中，丝绸是重要的商品。苏稽特产嘉定大绸和素丝外销，多通过马帮取道阳山江道再转灵关道南运。民国时，黄炎培路过，记其所见：“黄丝丝，白丝丝，苏稽市上如云。”外销的素丝，在同治《嘉定府志》另有记载：“其粗者谓之大夥丝，专行云南诸夷。诸夷人斩切为茸，持去不知所用也。”切丝为茸做什么？这成了丝绸之路上的一大谜团。

峨眉、乐山白蜡生产必需的蜡虫，也是这条道上最重要的大宗商品。历史上，云贵产虫不产蜡，峨眉山产蜡不产虫，李调元《童山诗说》：“峨眉县产白蜡，立夏时，从建昌（西昌）买蜡虫种。”买卖蜡虫的蜡农，叫“虫儿客”。每年去西昌、会理、云贵边区买蜡虫，肩挑回峨眉，称“跑虫山”。清王培荀《嘉州竹枝词》：“怪他路上人如蚁，尽道嘉眉虫客忙。”

乐山的丝绸、盐巴，夹江的土纸、年画，峨边、金口河的鸡爪黄连、冬虫夏草，西昌的烟草等成为古道上常见的商品。

大渡河也被彝族同胞称为“丝绸之河”，唱着：“到织丝绸的地方去玩，到嘉定城（乐山）去玩……”

余龙 画

沐源川道

沐源川道，因古道沿沐源川（沐溪河）经行而得名。沐源川道，既可以从乐山走岷江道陆路到犍为，再经沐川到新市镇与安上道汇合，也可以走岷江道水路，从犍为经沐川到新市镇合安上道，合安上道后西行到西昌接灵关道。

沐源川道的必经之路是今天的沐川县城（沐川寨），宋人张无尽《沐川寨记》云：“南蛮东北接境，常挟吐蕃为中国患。盖其路一出大渡河，一出沐源川，一出马湖江。而沐川之地常为啸集之地。”其中“一出沐源川”就是指的沐源川道。

沐源川道由北往南行，先经部分岷江道——从乐山经冠英、西坝、犍为、清水溪，然后经陆路犍为九井、越峰门山至沐川城，经建和乡后翻五指山到马边老河坝，沿中都河而下到新市镇止。

蜀汉，诸葛亮南征“道由安上（今新市镇）”，很可能经此道而往安上。

唐代，沐川寨为著名的嘉州二十二兵镇之一。869 年（唐懿宗咸通十年），南诏军北侵，取道沐源川道，占据了沐川寨后又袭占了犍为县城，再沿岷江逆流而上占据凌云山，晚上渡岷江偷袭乐山（嘉州）古城告捷。875 年（唐僖宗乾符二年），唐代名将剑南西川节度使高骈又于沐源川筑城，“以控蛮险”。

宋代，出于防“南蛮”需要，宋政权不断沿沐源川道修城筑寨，有史可鉴的就有 1064—1067 年（宋英宗治平年间）

今天乐山市中区（龙游县）主簿范师道增筑笼鸠寨，1211年（宋宁宗嘉定四年）成都路提刑李埴扩建沐川寨，另还新筑三赖斫、威宁、笼蓬、白岩等寨堡，形成了五指山北麓的防卫寨堡群。

清代，沐源川道又称“川边大道”，直到民国，都是乐山通往雷、马、屏地区乃至云南的交通要道。盐巴、茶叶、烟、酒、布、山货、木材、药材、马匹等成为古道上的主要商品。

现在，古道上犍为清溪镇沉犀石牌坊和沐川城清代永济桥都保存完好。

如今的乐山，“铁公机水”全面开花，高铁北向通道已经与全国的高铁路网无缝衔接，南向成贵高铁已经进入铺轨阶段，成昆铁路复线成都至峨眉段已经建成通车、峨眉至攀枝花米易段正加快建设，连乐铁路已经全面开建。

公路，成（都）乐（山）、乐（山）宜（宾）、乐（山）自（贡）、乐（山）雅（安）等高速公路已经建成通车；仁（寿）沐（川）新（市镇）高速，仁寿到井研段已经建成通车；乐（山）汉（源）高速，乐（山）到峨眉山段已经建成通车。还有多条高速公路在建设中，或者是已开工。乡村公路建设更是让乐山 80% 的农户可以把车子直接开到家门口。

水路，岷江航电犍为枢纽已经开工建设，2019 年就能够通航。其余枢纽，已有规划，或者是经过了前期论证。黄金水道复兴，指日可待。

空中，乐山飞机场也在建设中。

后记

乐山有一道地方特色的名食，叫“杂角”。怎么做的呢？就是把切肉、切内脏的边角余料弄在一起烧出来。当然，这个烧不是直接放在火上烧，而是用锅，最好是砂锅。“杂角”看起来，虽然刀法不整齐，但是，各个部位的肉和内脏一起煮出来的味道，那是绝对的巴适！还有一道异曲同工的菜，就是“大杂烩”。

《盯到周边读乐山》，追求的就是写出“杂角”“大杂烩”的味道。这种有意的胡乱，也许从头到尾都不适应、不舒服。但是，不适应、不舒服，是不是一种更好的体验呢？也许是，应该是。

“读书读皮”“看文看题”，最终还是要有内容上的深耕细作。从“无疑处生疑”，然后沉下去找证据，是异常艰苦的。需要转几圈，甚至几大圈之后，才有可能发现一丝丝儿线索。最终要立起来，也是非常不容易。

尽管不是学术著作，但是，总是尽可能地追求规范和严谨，回答一些多年来一直存疑的问题，这也许就是《盯到周边读乐山》的价值吧！

写成一本书，有许多需要感谢的。感谢墨安先生题写了厚重的书名！感谢刘诚龙先生，爽快答应作序！感谢余龙先生、郑华先生，把他们的画用在书中，为本书增色不少！感谢直接照搬了、借用了，但因为种种原因又没有标注出处和来源的各位方家！没有你们的指引，许多地方就无法婉转。感谢熟悉不熟悉的乐山人，从你们身上发现了灵感！

最后，是美好的期待！“百闻不如一见”，读过，能来，才是“三生有幸”！